MOM BAK KIES

STORIES, IDILLE EN FABELLIEPIES

VANNETTE VILJOEN

First published by Vannette Viljoen
© 2024 Vannette Viljoen

978-1-0370-2730-7 | Mombakkies | Paperback
978-1-0370-2731-4 | Mombakkies | Ebook

Cover design, Illustration and Interior formatting by Gregg Davies Media
(www.greggdavies.com)

All rights reserved
The moral right of the author has been asserted.
No part of this publication may be reproduced, distributed, or transmitted in any form or by any means, including photocopying, recording, or other electronic or mechanical methods, without the prior written permission of the author, except in the case of brief quotations embodied in critical reviews and certain other non-commercial uses permitted by
copyright law.

Voorwoord

Hierdie omnibus is deels staaltjies van my lewe, gedigte van lewenservarings en fabelliepies waar die lewenspad met ander s'n gekruis het.

My lewe het in Krugersdorp begin, nou bekend as Mogale City. Vandaar is ek Pretoria toe om onderwys te gaan studeer en daar het ek ook die liefde van my lewe ontmoet. Ons twee het in Pretoria gewerk en gewoon totdat hy in Lesotho 'n lewens veranderende werksgeleentheid gekry het. In Lesotho het ons toe vir 10 jaar gewoon en gewerk. Nadat sy laaste boukontrak verval het, het ons van die koudste deel van Suider Afrika na die warmste deel van Suid-Afrika getrek. Ons het vir 'n jaar in Marloth park gebly. Hy het in Nelspruit gewerk en ek in die kleine dorpie Komatiepoort. Die Kruger wildtuin was letterlik op ons voorstoep.

Ons is terug Pretoria toe en het daar weer nes geskrop vir vyf jaar. "Mynesinne" het een aand gaan slaap en nie weer wakker geword nie en so het 'n heel nuwe lewenspad vir my begin!

Van einde 2023 af is ek in die Kaap en ek geniet elke oomblik saam met die mense en die mooi wat om elke draai gesien kan word. "Gesond en geseënd" het my nuwe lewens leuse geword en ek leef dit!

Om terug te kom by die eerste stelling oor die staaltjies, gedigte en fabelliepies. Ek neem waar en luister graag na mense se stories. Ek skryf dit dan neer maar verdraai hier en daar die waarheid, verbloem die name met 'n alias of herskryf en herdink van die gebeure. Stories wat in die eerste persoon geskryf is, is dalk deels oor my eie ervarings en dus waar. Van die stories is in die eerste persoon geskryf maar heeltemal opgemaak; 'n regte fabelliepie. Die leser sal seker nooit weet nie.

Meeste van die gedigte is gebaseer op iets wat ek beleef het en dan so te sê dadelik neerpen soos wat die hart praat.

Hierdie is 'n ligte lees vir 'n stadige dag om die leser bietjie op te wek of te laat nadink.

Geniet hom!

Inhoud

Vark koop 1
ICU 3
Candle light 8
Eerste dag in die Hoërskool 9
My trourok 10
Waarom jy? 11
Not allowed to 13
Amper geskei en amper dood 15
Overalls 18
Bok buite die kerk 20
Koek en tee by Focaccia Café 23
Kaapse draai 28
Bainskloof 29
Visvang en rotse 30
Albertinia se "stop and go" 31
Blommie in die blomme 32
Focaccia Café; Tweede rondte 33
'n Opsomming 36
Bainskloof brand 37
Maklik 38
Tussen Worcester en Robertson 42
Êrens van nêrens 43
Emmers vol Liefde 44

Padlangs. ...46
On the spectrum. ...47
Die Mielieland. ...49
Etenstyd by die Ouetehuis. ...51
Blou dag. ...54
Laatmiddag in Melkbos. ...55
Asem. ...56
Weskus se Nasionale Park. ...58
Ouma se handsak. ...59
Bra min. ...60
Belinda se Bytjie kombers. ...62
Matjiesfontein. ...64
Die Vuur. ...66
Geseën na reën. ...67
Na'rie vuur. ...68
Ouma se vlerke. ...70
Verlore. ...71
Getemde mens. ...72
Matjoks en die waarde van 'n lewe. ...73
Vlugtig is ons tydjie op aarde. ...76
Winter reën. ...79
Tygerberg Hospitaal. ...80
'n Kis en finale Kus. ...85
Gesond en geseënd. ...86

Vark Koop

Ons kan varkvleis kry. Baie goedkoop by Oom Piet op die plaas in Haakdoringboom net duskant Pretoria. Dus pak ons die koelbokse en ry. Van die hoofweg af draai ons regs. 'n Entjie aan draai ons links op 'n amper enkel teerpadjie. Dié word toe later grondpad...en ons ry.

In 'n veld met lang gras en verwaarloosde doringdraad draai ons in by 'n skewe grond oprit en deur 'n plaashek wat al só geroes is dat hy al jare lank oop staan. Twee koeie staan in 'n stal en kyk ons agterna.

In die stowwerige oprit ry ons vas teen 'n gehuggie van 'n huis. Oom Piet kom te voorskyn op die boonste trappie van sy huis. 'n Huis wat hy tien teen een self gebou het. Sy ou kakie, nylon broek sit net onder die arms en hang aan sy maer lyfie met kruisbande wat hulle bes gee om die broek op te hou. Jare se harde werk en verniel is op sy gesig geskryf maar hy glimlag breed en groet ons.

Sy vroutjie kom te voorskyn uit die donker huisie en groet ook ewe bedagsaam soos wat daar van ordentlike Afrikaanse mense te verwagte is. Sy skuifel by Oom Piet verby en roep om die hoek na Magriet hulle dogter om die vark te gaan haal.

Die vark moet nog op gesny en verwerk word!

Magriet kom te voorskyn van die agterplaas af, van die huis waar sy in die aangeboude woonstelletjie bly. Sy is nét so skraal en gehawend van jare se plaas werk...of geen werk...

Magriet dra die vark op die skouers na die kombuis toe en Oom Piet begin om die vark met sy band saag te sny. My man pak die koelboks soos die verskeurde stukkies vleis aangebied word...kop, skenkels en al!

Magriet wil my die ander varke gaan wys. Ek stap ewe gedwee agter haar deur die lang grasse en klitse aan. Sy dra 'n blou blommetjies hempie en 'n spierwit broek wat al so skif gewas het dat die blommetjies van haar onderklere deurskyn.

Die varke is groot!! Baie groter as wat ek al ooit van tevore gesien het! "Mooi, en groot!" is al wat ek kon uitkry. Die stank het die res van my asem weg geslaan!

Terug by die huis het ek die laaste van die vleis help verpak en ons is daar weg nadat ons nuwe brakkies van so sewe weke oud van die hand moes wys.

Die mens wat só min het wil net deel want in hulle oë het hulle baie, en in baie gevalle het hulle baie meer as wat menigte stadsjapies vandag het.

Die vark was baie lekker!

Icu

Dis Valentynsdag. Nie dat dit vir my en my man 'n groot verskil maak aanons daaglikse doen en late nie maar dis tog 'n bietjie meer spesialedag.

Ek kom by die huis. Uitgeput na nog 'n lang dag se skool en kinders en organisasie en Afrikaans week se ekstra reëlings en...dit was 'n lang week.

Ek stap by die huis in en groet my man wat op daardie stadium besig is om ons laser masjien wat ekstra geld inbring (ons is immers albei in die onderwys) te diens saam met 'n rooi bebaarde man van SA Argus. (ARRRRGUS is vir my snaaks).

Ek stap toe kamer toe om iets meer gemaklik as my skool pret pakkie aan te trek. Daar is nie nou tyd om oor my óf sy dag te kla en te sien wie s'n die meeste siele gered het of die sterkste strome deurgewerk het nie.

"Shorts" aangetrek en manlief kon die kamer in...

"Kan jy vir Pieter hospitaal toe neem? Hy is reeds ingeboek ons...(ONS)... moet hom net gou gaan aflaai."

Ek trek toe die "shorts" uit en 'n meer publiek-aanvaarbare rokkie aan.

Maak gou 'n "take-away" koffie en gryp 'n pakkie tjips uit die kas en daar gaat ek. Man saam net rooi-baard by die huis en ek oppad om vir Pieter gou-gou af te laai by die hospitaal.

ASSUMPTION...Dis nie by Eugene Marais hospitaal, naaste aan ons nie... dis by Little Company of Mary....en dit is 4.30 op 'n Vrydag middag, hoofstroom verkeer die middestad van Pretoria in!!!

Pieter lyk sleg! Baie sleg...draai by die dood sleg. Groen of blou om die mond, voete geswel en lam.

Pieter praat baie...hy praat altyd BAIE! Vandag ook, maar dis baie onsamehangend en deurmekaar.

Na 'n gesukkel en omswaai-rondkyk vir mense wat ons dalk wil aanval soos ons deur die stadsverkeer sukkel, ry ons toe Little Company of Mary toe want toe Pieter in die kar geklim het, het hy gesê hy moet Muckleneuk hospitaal toe. Ek mik toe soontoe sonder om nog 'n woord in te kry. In die middestad besluit hy om dit reg te stel en te sê, nee hy dink dis eintlik Little Company of Mary!

Nou ja, links om Pretoria se treinstasie en om die Fonteine sirkel kom ons toe by Little Company of Mary hospitaal aan. Ons klim uit en loop, met Pieter se "togsakkie" met sy goedjies in, na ontvangs toe.

Dis sommer "drop-en-go" het Pieter gesê...maar ek het net gevoel ek moet seker maak dié man maak dit tot by 'n bed!

Ons sit toe by die gawe dame wat eers in haar beste Engels navraag doen oor "mister" Pieter se bespreekte bed. Later skakel sy oor Tswana toe want niemand verstaan of kry hom op enige lys van enige sisteem nie.

Hy het toe die ou foontjie uit en kyk en soek iets en besluit na 'n ruk...nee... dis seker die verkeerde hospitaal...hy dink dis Zuid-Afrikaans hospitaal!

Ek vat toe die verlepte "togsakkie" en wasbleek meneer Pieter terug kar toe en ry daar uit in spitsverkeer oor die berg tot by Zuid-Afrikaans.

Ons stap in na die Afrikaanse ontvangsdame met die Afrikaanse mannetjie wat rondhol as sy hom hiet en gebied om Pieter se bed te soek...want hulle weet ook NIKS van hom af nie. Teen dié tyd lyk my diabetiese vriend maar sleg.

Ek moet op dié stadium bylas dat ek toe al 2 keer as sy vrou aangespreek is en telkens namens hom allerhande vrae moet beantwoord want sy mond vorm nie die woorde te lekker nie. Ai!

"Sit," sê die gawe dame. Die rondhol mannetjie kom toe met 'n rolstoel daar aan en laai vir Pieter op en stoot hom deur ongevalle se deur se kant toe. "Kom mevrou ons gaan jou Man opneem," sê hy en rol met spoed daar weg. Ek en die "togsakkie" kry nie eens kans om te antwoord en my misnoeë in my stem te laat klink voor hy deur die deur verdwyn nie.

Ek stap toe agterna en vang die swaai deur voor ek self in noodgevalle moet lê vir 'n gebreekte neus.

Ek kry Pieter, verlep in die stoel, aan die anderkant in 'n klein koue kamertjie.

"Vul asseblief hierdie vorm in Mevrou ons sal goed na jou Man kyk en sodra hy reg is sal ons jou kom haal en na hom toe neem." So druk 'n kort plomp dame 'n "clipboard" in my hande, draai om dat haar "pixie-cut" waai en rol vir Pieter deur die volgende deur.

Verslae sit ek toe met die "togsakkie" en "clipboard" in die koue kamer en wonder hoe almal net kan aanneem dat ek die vrou is. Ek maak toe die sakkie oop en soek enige vorm van identifikasie...'n beursie!

Ek vul toe die vorms na die beste van my vermoë in en gebruik "Google maps" om te sien waar die adres is en kry informasie van my man af siende dat Pieter meer sy vriend as myne is.

Nog 'n uur later mag ek "My man" besoek.

Vir de eerste keer kry ek die geleentheid om te sê dat ek nie sy vrou is nie.

...

Pieter het toe al 2 drup sakkies deur sy lyf en 'n derde een word gehang. Nog 'n uur gaan verby met toetse en bloeddruk neem en nog bloeddruk neem en gepiep van masjiene.

'n Suster in Valentynse klere vir die dag kom in met 'n piepie-beker vir die pasiënt. "Hier mevrou. As meneer klaar is kan jy dit net vir my bring." Sy draai om op haar hakke en gooi die gordyntjie voor my verstomde gesig. Ek gee vir Pieter die bottel en tree vinnig uit die bekrompe kamertjie uit. Na afloop van die episode is ek terug in die klein kamertjie met die gordyntjie en kry nog 'n "clipboard" met opname vorms. Sy bed is amper reg. Dag en nag staf moet net ruil. Dié keer is Pieter by en die invul gaan

makliker en dié keer protesteer ek nie eens meer oor man en vrou of vriendin of wat ook al nie. Niemand gee regtig om nie.
30 minute later stap ek en die "togsakkie" weer agter Pieter aan in die stil wit gange van die hospitaal oppad ICU toe. In stilte ry ons die danssaal-hysbak na die volgende vloer.

Pieter en die sustertjie met die kort treetjies verdwyn by die gangetjie van die ICU af en 'n matrone met 'n groot deurmekaar bolla-dons op die kop loer, oor klein brilletjies wat op haar neus vasklou om lewe en dood voor hy grond toe tuimel, na my en sê ek moet net daar wag.

Ek en "togsak" staan toe op rus vir 20 minute en groet die hartseer besoekers wat kom en gaan vir besoekers in die baie wit saal met rooi valentynshartjies wat bo my kop wapper in die lugversorging. "Mevrou, jy kan jou Man besoek." Aai!

Ek los toe die "togsak" by sy eienaar wat in wit klere in 'n wit kamer onder wit lakens lê. Nadat hy verseker is dat sy skamele besittings is waar hy gedink het dit sou wees is ek toe daar weg. Ek het vir Pieter "gedrop" en nou kan ek "Go".

Dis 20.00 by Zuid-Afrikaanse hospitaal.

My man se hoërskool waar hy skool hou bied oorsetseinde mos 'n Valentyn dans aan. Ek ry toe skool toe om hom daar te ontmoet. Hy het vir ons goedjies gepak vir die braai by die skool saam met die ander onderwysers terwyl die kinders dans.

Ek het nét daar aangekom en almal gegroet toe "Eishkom" besluit...dis "load shedding"-tyd.

Ligte af.

Die kinders word toe hek toe gejaag vir ouers om hulle op te laai waarvan die laaste een toe eers rondom 23.30 opgedaag het.

Moeg en uitgeput is ons toe huis toe nadat ons die bakkie moes "jump start" omdat die battery wat lig verskaf het in die donker toe al dood is.

By die huis gekom staan ek toe voor 'n kaal bed. Dit was wasdag en ek moet eers die bed opmaak voor ek kon slaap. Man het intussen op die bank aan die slaap geraak, en na die bed opgemaak was het ek ook "uitgepass"!

Gelukkige Valentynsdag.

Candle light

A candle

a light.

Flickering brightly

a l o n e

in the night...

A wish comes and goes

with the   to   froe.
       dance   and

A life, a breath,

hope

and death.

Eerste dag in die Hoërskool

Dis dae soos die wat vir altyd in jou herinneringe moet bly. 'n Nuwe begin, nuwe skool, nuwe onderwysers en uiteindelik maats...nuwe maats. Maar soos afgelei kan word was my pa- hulle onder die indruk dat ek nie maklik maats maak nie. En dis waar. Ek is maar anders in denke en nie veel volg wat ek sê of dink nie. Ek dink net...anders oor die lewe; sien humor in dinge wat ander mense steeds oor wonder nadat ek al vir minute lank daaroor lag!

Eerste dag van hoërskool. Die dag van indrukke maak. Eerste skoon bladsy.

My pa-hulle besluit om my "geen vriende dilemma" te help deur my op my eerste dag van hoërskool, skool toe te stuur met 'n drie meter lange springtou in my splinternuwe "blazer" se sak; om saam met my "nuwe" maats te spring en hopelik so een of twee maats te behou...

...Ek is matriek op my eie deur. Ek was hoofdogter van die biblioteek en hoofdogter van die dogters koor. Ek was 'n sterk mens...'n alleen mens.

Hoërskool is nie vir almal 'n nuwe begin nie.

My Trourok

Op 23 is mens se lyf nog in ontwikkeling stadium. Nie als wat al moes ontwikkel is al in volle glorie daar nie.

Dit was tyd om te trou en 'n rok moes gehuur word. Danksy die Du Plessis kant van die familie is ek geseën met lang arms en lang bene! Na 'n besoek en pas van omtrent ses rokke…met moeite…het ons dié rok gekry. Die arms was te kort en so ook die lengte en dan was daar die buuste wat net mooi niks van die rok opgevul het nie!

Danksy die professionele dame wat sekerlik al menigte bruide voor my van sulke penaries gered het is ons toe daar weg en 'n week later weer terug.

Die moue was verleng met die mooiste kant wat op die bo kant van my hande gelê het. 'n Ekstra stukkie kant het die lengte van die rok voltooi en die dame het die grootste stel buuste-spons-kussinkies in die rok ingewerk om die invul werk te doen…dit was nie genoeg nie! 'n Opstop buustelyfie moes die prentjie voltooi.

Met die troudag was als perfek. Die mooiste dag, met die mooiste April weer en 'n donderstorm wat eers losgebars het na die laaste gaste verkas het…als was perfek…selfs die rok.

En toe kom die uittrek sessie…en op die einde was daar net minder en minder vir my arme man!

Waarom jy?
Vir MJV

Van die begin af was dit jy!
Jy met jou misterieuse oë.
Jy met jou glimlag, wat enige donker dag
En enige moontlike oomblik
In sekondes kan ophelder.
Enige grootheid, klein laat voorkom!
Jy met jou glimlag,
Dis waarom jy!!

Van die begin af was dit jy!!
Jy met jou deernis...
Vir my, jou medemens, jonk en oud.
Niemand is te gering om 'n tweede kans te verdien nie.
Jou groot hart het altyd plek vir nog een.
Soms is jou hart so groot,
dat mense se stemme in jou weergalm.
En so spoor hulle jou aan om daardie ekstra myl te gaan.
Jy met jou deernis,
Dis waarom jy!!

Van die begin af was dit jy!!
Jy met jou sterk, mooi hande.
Vir niks staan hulle verkeerd nie;
En met al die krag en vors in hulle,
Kan jy sagkens met my werk.
Op tye wanneer niemand my pyn kan sien nie,
Raak jy aan my en dis weg.
Alles wat moontlik kan pla,
Verdwyn asof jy kan toor met daai hande...
Jy met jou sterk, mooi hande.
Dis waarom jy!!

Van die begin af was dit jy!!
Jy. Die een wat deur God aan my gestuur is.
Soms dink jy Hy't 'n fout gemaak.
Maar dit sal nooit gebeur nie.

Jy is deel van my, en ek is deel van jou.
Sonder jou is ek 'n huis sonder fondament.
'n Skildery sonder kleur.
Jy gee kleur en rede aan my lewe.
En dit is waarom...
JY!!

Not Allowed to
-Covid

I drive to school early in the mornings and take a breath of fresh air,
But now I'm not allowed to.
I have to wear a mask, even when I am alone in my car.

I stop at school and smile at everyone from the gate to my parking spot.
But now I'm not allowed to.
Carona is serious, and how can they see my smile from behind my mask.

I walk to my class and get run over with hugs and "Hi mam"'s with arms that strangle my body! "I missed you mam!" (although I saw them yesterday)
But now I'm not allowed to.
They have to keep their distance and I have to keep mine.

I see my learner, sad on the playground. I walk over and just give a hug, my learner will speak about it if he or she needs to.
But now I am not allowed to.
How will these learners be able to open up about their locked-up emotions. Now more than ever before.

I walk through the class and give a silent squeeze on the shoulder for work well done, something this learner grasped for the first time, neat work...because not all children want or need loud accolades. Just that squeeze on the shoulder in that moment.
But now I am not allowed to.
I have to stay meters away and glance from afar, behind a plastic shield it's like a prison bar!

Kids huddle in groups to chat about their day, their plans, their dreams and things they would like to play.
But now they are not allowed to.
They have to sit distances apart, eat lunch in designated spaces, cannot hug a friend or sit next to the one who is just alone.

How is this normal, how must the learners cope?
How am I going to stop myself from running to my learners I hcven't

seen in months to hug and squeeze them and assure them this will all be OK and over one-day; but wave from afar to ask how they are? This is not OK. This is not normal.
But now we are not allowed to...at all.

Amper geskei en amper dood

Hierdie is 'n tweedelige storie. Dit vind plaas op dieselfde dag maar dis twee aparte hoofstukke!

Vir 'n ruk lank het ons in Lesotho gebly en gewerk. Dit was ongelooflike tye en stories daaroor sal nog eendag die lig sien.

Op dié spesifieke dag moes die motor eers ingaan vir 'n klein diens voor ek die tog Pretoria toe kon aandurf. Manlief moes werk en kon nie saamgaan nie en ek is toe op my eie soontoe vir 'n partytjie of familie byeenkoms van een of ander aard. Ek kan regtig nie onthou nie.

Ek trek toe so vroeg as wat ek kon by die diensplek in wat so te sê aan die begin van Ladybrand geleë is net sodra jy die dorpie binnery. Ladybrand is so halfuur se ry uit Maseru uit. Soos voorheen gestel, is ek toe op my eie. Soos ons maar weet as Suid-Afrikaners, los jy nie onnodig bagasie of enige ander sigbare items in die motor nie. Toe die motor dus ingeboek word vir die diens, wat so 3 ure sou neem, toe neem ek maar die rooi, wieletjie-naweek tassie saam met my.

Dié wat Ladybrand ken, sal weet dat dit nie 'n baie groot dorp is nie en daar ook nie veel is wat daar aangaan nie. Enigiemand wat nie 'n "local" is nie, staan uit soos 'n seer vinger. Die naaste koffie plek op daardie stadium was by die Wimpy, en dit was die volle 4 blokke ver weg van waar ek was. 4 blokke winkels op en twee blokke oor. Dis die hele dorp se besigheid gebied. Die res is huise, industriële area en gate vir paaie. Die paaie is deesdae nog erger as daardie dae, maar daar is seker nie veel teer in die Vrystaat om die paaie te kan regmaak nie.

In elke geval. Ek en die rooi wieletjies tas begin toe die ligte opdraande Ladybrand inloop toe ek besluit dat ek met al die tyd op hande seker by die een of twee mense wat ek daar ken, maar netsowel gou 'n draai by kan gaan maak. Die eerste stop is toe een blok op en twee winkels na regs. Die plekkie is reg oorkant die kerk geleë. Die deure van die plekkie is toe toe. Dit was dalk nog te vroeg vir dié lot. Dit is 'n klein Pizza restaurantjie met 'n kroeg en meeste van die tyd was halfte van die Ladybrand mense daar tot laat. Ek stap toe die res van die eerste en tweede blok aan en kom uit by OVK waar nog 'n vriendin toe gewerk het. Ek klop toe daar aan met die tassie en al en ons kuier en gesels tot die tyd om is en ek toe maar weer terug loop na die motor diensstasie toe.

Oppad stap ek by die vorige Pizza Kroeg plekkie verby, wat vroegoggend nog toe was en 'n hele paar mense sit toe al in die klein restaurant area en op die stoep. Ek kon nie bly nie en het toe wuiwende hand, hallo's en glimlag maar verbygestap.

Nadat ek die motor gekry het is ek toe op die pad en durf toe die lang tog aan na Pretoria.

Daardie dag besluit ek ook dat ek nie deur Clocolan na Winburg se kant toe gaan ry nie want daardie teerpad het ook meer gate as teer gehad en ek wou die 5 ure se ry nie met ekstra oponthoud aandurf en moontlike pap bande langs die pad ook nog by kry nie. Dus ry ek toe deur Ficksburg se kant toe. Dis immers kersie tyd gewees en daar was altyd ekstra stalletjies langs die pad.

In Clarens stop ek toe vir 'n vinnige breek en kry iets te ete en 'n tuisgemaakte gemmerbier. Dit het my so aan my ouma herinner, wat elke Desember gemmerbier gemaak het vir Kerstyd; rosyntjies en al.

Daar was nie tyd vir rondloop nie, en met die eetgoedjies en gemmerbier is ek toe weer daar weg.

Ek het daardie jare 'n klein outomatiese, tweedeur Pajero-import gehad. Ag wat 'n lekker karretjie!! Na die peusel happie is ek mos toe dors, (Mos!) en maak die gemmerbier so met die een hand en tande oop. Gonnatjie Piet!! Die botteltjie se proppie skiet toe af as gevolg van die opgeboude druk van die rosyne; gelukkig nie in my keel af nie! Maar nou is die proppie iewers soek in die motor, en die botteltjie borrel en kook oor. In die paar sekondes wat my brein dié als op spoed in die motor moes registreer besluit my sesde breinsel, nee...sit jou mond oor die bottel...die kar gaan taai, nat en vuil wees...maar my sesde breinsel het glad nie rekening gehou van die vors van die gemmerbier en borrels wat by elke moontlike gat uit my kop probeer spuit nie siende dat ek die bottel so styf moontlik met my mond probeer toe hou het. My wange het gebol onder die druk.

Met 'n gespook kry ek die motor tot stilstand, maak die deur oop en laat die res van die borrels en gemmerbier die lug inskiet, buite die motor!

Daar staan ek toe tussen iewers en êrens met 'n halwe bottel gemmerbier wat met uitgestrekte arm, pad se kant toe wys. My oë brand, my neus brand, ek probeer asem skep by die gemmerbier en borrels verby wat my longe begin vul het. Ek is seker daar was gemmerbier in my ore!

Ek was amper dood!! Alleen op 'n pad tussen Clarens en Bethlehem! Wat sou in die koerante gestaan het!? "We told you not to drink and drive!" Of "Vrou dood aan borrels-vol-gemmerbier?"

Nou ja...die pad Pretoria toe is voltooi en ek laat weet toe vir manlief ek is veilig daar.

Dis toé dat hy my vra of hy ernstig met my kan praat? Ek dog hier kom 'n preek oor gemmerbier en alleen ry en "I told you so", en ander dinge, maar nee! Hy wou weet of ek van plan is om te skei want hy het geen tekens daarvan opgetel nie. Wat gaan aan?

Ek sit vinnig twee en twee bymekaar en bars toe uit van die lag want ek ken daardie klein dorpies! Dis omdat ek alleen met my rooi wieletjies tassie so vinnig by ons kuierplek verby gestap het en nie gestop het om te groet en te gesels nie. Niemand kon my vra waarheen ek oppad was nie. Hulle kon nie vra hoekom ek sonder hom daar was nie en ook nie hoekom ek loop en nie ry nie.

Hulle het natuurlik die ergste aangeneem en gedink ek loop weg!

So daardie dag was ek en hy, volgens Ladybrand, amper geskei!

Overalls
Vir Tannie Annette

Ek het van 'n omie met "overalls" te hore gekom en besluit om sy storie neer te pen. Ons noem hom vandag Oom Jasper.

Hierdie storie is ook vir die Afrikaanse oor en vir die wat tussen die lyne kan lees.

Die "overall" het in die 60's tot vroeë 70's nog sterk sy verskyning op straat gemaak. Selfs as kind in die vroeë 80's het ek 'n rooie besit en op gedra; wat my ma vir my die ESSO brandstof garage gekoop het. (In die dae toe petrol stasies en winkels na 12 op 'n Saterdag gesluit het en eers weer Maandag oop was vir kliënte)

...

Jasper was 'n plaas man en 'n man van min woorde. Hy het kaste vol klere gehad, maar sy gunsteling broek en hemp en selfs skoene is al vodde gedra. Maar dit het sy gunstelinge gebly. So saam met die sif gedrade klere was sy "overalls". Sy vroutjie het dit sy "babygrow" genoem.

Dit was 'n ding op sy tyd. Dié "overalls" wat die plaas manne en ambagsmanne gedra het. Dit was gemaklik en...watter ander redes die manne ook nog daarvoor gehad het.

Jasper se moeder was van die "prim en properse"-tipe mense en het nog tee tyd hoog geag met die nodige fyn porslein en pinkie-in-die-lug wat saam met die ritueel gekom het.

"Ons is genooi vir tee by jou Moeder, jy moet netjies gaan aantrek! Jy kan nie met daardie "babygrow" van jou by jou moeder opdaag nie, anders gaan jy maar moet bly!" Die woorde het daardie dag op dowe ore geval en Jasper het geredeneer, sy ma sal mos nie omgee nie. Hy is immers haar seun!

Jasper, sy vrou en die drie dogters stop met die motor voor Jasper se moeder se deur. Almal is in hulle netjiesste rokkies en strikke in die hare. Tant Netta lyk ewe deftig en haar man, Jasper, dra sy "overalls"!

Tant Netta het al geleer dat as Oom Jasper sy besluit gemaak het, sy maar daarby moes berus.

Jasper se moeder maak die deur oop nadat die klokkie by die voordeur gelui is. Sy is verheug om almal te sien maar die glimlag op haar gesig verdwyn toe sy haar seun in sy overalls sien.

"Jy kan maar deurstap na die kombuis toe, Jasper-seun. Jy gaan beslis nie só in ons geselskap sit nie!"

Teetyd is in die voorkamer geniet met die nodige verfyndheid, toebroodjies, geselskap en giggel terwyl Jasper alleen in die kombuis moes sit.

Tot vandag toe weet niemand of dit vir hom 'n straf was om alleen tee te drink in die kombuis nie en of dit als deel was van 'n plan om nie saam met die dames te sit en tee te drink nie.

Die "overalls" is gemaklik om te dra maar dien ook as goeie onderhandelings instrument sonder om veel te sê.

Bok buite die kerk

Per geleentheid het ek met 'n Dominee in 'n koffie winkel vergadering gehou en so met die gesels het 'n storie opgeduik. Hier is die korter weergawe daarvan.

So...Dominee Danie en een van sy ouderlinge het met 'n uitreik bo in Africa 'n Sondag diens bygewoon voor die sending werk tot 'n einde moes kom en hulle die volgende dag sou terugkeer.

Op 'n groot oop plein van rooi stof het die kerkie langs 'n groot doring boom gestaan. Die kerk is van kleistene en modder aanmekaar gesit en die vensters en deur openinge was net dít, openinge sonder glas, sonder rame of deur.

Binne was 'n paar hout bankies waar die mense saam-saam gebalanseer het vir sitplek en die res het gestaan. Meeste van die diens het in elke geval staande plaasgevind met arms om hoog of met 'n gedans in die kerk op die stof vloer.

Die rietdak het darem gesorg vir koelte in die snik hitte van die dag siende dat die diens tot laat aangehou het. Daar is nie tyd aan die diens gekoppel nie. Dis 'n dien dag.

Dominee Danie en Ouderling Piet is gevra om nadat die mense die kerk in is, saam met die Pastoor van die kerk in te stap. Pastoor Moruti het hulle aan die gemeente voorgestel en toe na bankies aan gewys waar hulle stelling kon inneem.

Na 'n uur of wat se sing het die Pastoor vir 3 jongelinge instruksies in die oor gefluister en die drie het toe verkas.

Die gemeente het hulle sitplekke ingeneem met Dominee Danie en Ouderling Piet in die voorste banke.

Die warm sweet reuk het swaar in die lug gehang en die vurige diens het begin.

So tussendeur het 'n vertolker elke kort- kort opgespring en gedeeltes van die diens in Engels vertaal sodat die gaste darem so bietjie van die preek kon verstaan.

Op 'n stadium het die diens bietjie rustiger geword en oorgegaan in 'n gebed. Met toe oë het die gemeente gesit, party met hande omhoog, party gevou, ander in aanbidding teen mekaar geslaan en toe is daar 'n aller verskriklike geskreeu buite die kerk.

Die gemeentelede het nie een opgekyk of uit die trans van die gebed gebreek nie, maar Dominee Danie en Ouderling Piet het op en uitgekyk by een van die vensters. 'n Bok het verby die kerk gehardloop gekom, met spoed, skreeuende en toe kort agterna die drie jong manne van vroeër.

Die bok het so drie rondtes, skreeuend, om die kerk en nog twee keer by die venster verbygehol met die drie agterna en rooi stofwolke wat na sleep tot daar 'n hoë gil was en toe stilte!

Met die stilte kom die "Amen" van die gebed en almal spring op, sing 'n laaste halleluja en begin stoot-stoot die kerkie verlaat. Buite die kerk is daar geen teken van die bok of die drie mans nie.

Pastor Moruti begelei toe die twee manne na sy rondawel huis toe oor die rooi stof plein vir middagete waar sy vrou al van vroegoggend vir die mense regmaak.

In 'n pot op die stoof staan daar 'n hele kooksel wat lyk soos melkkos. Dominee Danie is al teen die tyd redelik honger en toe hy die melkkos sien toe begin hy aan die vrou van die huis vertel hoe lief hy vir melkkos is en hoe die ekstra suiker en kaneel wat sy vrou bygooi dit altyd so lekker laat smaak. Dit toe daargelaat en die gesprek gaan aan oor ditjies en datjies. Die manne neem hulle plekke by die tafel in en die gasvrou skep vir almal 'n papbakkie vol melkkos in, maar vir Dominee Danie gee sy so bietjie ekstra en sit 'n potjie suiker voor hom neer.

Met 'n tafelgebed later en dank vir die voedsel, val die manne weg en Dominee Danie gee 'n lekker groot hap. Voor hy sluk moes sy brein eers registreer en herkalibreer want dié melkkos proe anders en dié melkkos voel ook anders op die tong. Dit is suur en vol klonte. Hy besef toe dis suurpap en suurmelk. Om die gaste te eer en die bietjie wat hulle het om te deel nie te mors nie, moes die kos geëet word. Dominee Danie het met elke happie 'n bietjie ekstra suiker bygegooi om die klonte en suurheid in sy keel af te kry. Ouderling Piet het dieselfde gedoen.

Met danksegging en aardige naar kolle op die maag is die twee manne reg om terug te keer na hulle blyplek vir die nag toe die drie manne van die kerk daar aankom. In koerantpapier is hompe vleis toegedraai, wat toe vir die gaste gebraai sou word vir aandete!

Koek en tee by Focaccia Café

Voor die leser verder lees, moet jy weet dat hierdie storie kru-taal bevat! As dit nie jou koppie tee (of koffie) is nie,...blaai eerder verder.

Eers bietjie agtergrond:

Ek was by 'n kombuistee by hierdie einste koffie plekkie in een van Pretoria se wyke in die Moot area. Vir die doeleinde om alle partye te beskerm noem ons die plekkie "Focaccia Café."

Dis 'n ou huisie uit die 50's met plankvloere, hoë plafonne, 'n voordeur met loodglas werk, houtrame en 'n Burgererf wat tot doer trek met bome wat al so bos staan dat dit soos 'n Tarzan-oerwoud lyk.

By aankoms, parkeer jy in die straat voor die agt-voet muur met die hout deur en tralie hek wat gesluit is. Dis 'n privaterige plekkie en al kan mens seker net stop en ingaan is dit maar beter om vooraf te bel en te bespreek.

Die deur laat mens dink aan Morocco. Swaar hout, twee klein deurtjies en helder kleure, blou en perserig as ek reg onthou...iets groenerig,... miskien bietjie van als. Na die lui van die klokkie kom sluit iemand oop en jy stap in; direk betree jy 'n stoep met so drie trappies na bo. Die stoep se dakbalke is gehang met lappe en voëlhokkies en blomme. Dis baie uniek, en dan begin jou oë dinge raaksien. Elke hoekie, elke tafel, stoel, raampie, venster en tafeltjie is met iets interessants bedek of versier.

Tikmasjiene, kitare, boeke, lappe van verskillende kleure en kultuur, hoede, standbeelde, borsbeelde, ou skoene, koerante wat geraam is, liggies wat hang, kandelare, lampe en elke area het ook sy eie meubels. Jy moet dit regtig sien om dit te beleef en te waardeer.

Om by die storie wat ek eintlik wil vertel uit te kom, gaan ek hier net sê dat die kombuis-tee baie lekker was. Die kos-platters was besonders en die dame wat die plekkie besit en bestuur was redelik op die agtergrond. So, met die nuwe ontdekte plekkie besluit ek en my ma om definitief weer daar te draai. Daar is nie baie "plekkies" in ons omgewing nie. Toe my suster uit die Kaap kom kuier was dit dus die gulde geleentheid om bietjie na Focaccia Café te gaan.

Die Storie:

En wat 'n storie!!

Ons het voor die hoë muur met die swaar, klein, houtdeure gestop en die klokkie gelui. Ons het natuurlik gebel om te vra of hulle oop is. "Tot 5uur", was die antwoord, want daarna was daar een of ander boek-bekendstelling geboek en dan moes ons uit.

Toe ons daar stop was dit reeds 4uur.

Die eienaar van die plek sluit die deur oop, en met haar swart gegrimeerde oë; oë soos dié van 'n wasbeer (racoon...as jy nie weet wat 'n wasbeer is nie) en trekke van Cruella de Ville, is sy die ene uitbundige verwelkoming van 'n lang verlore vriendin van self. Sy omhels my en sê sy kan nie glo dat ek weer kom kuier het nie en toe moes my suster en ma ook omhels word want hulle is dan deel van die familie. Ek moet die leser hier herinner dat ek en die dame slegs eenkeer baie skrams ontmoet het...

Het sy my dalk met iemand anders verwar?

Nietemin:..."Fok vrou!! Dis nou lekker om julle weer te sien,... kom kyk hoe het ek die tafel vir Magriet (ek kan nie die vrou se regte naam onthou nie, ek was in skok,...) reggemaak. Hier is blomme en kyk die fokken fairy lights!" Die dame,...kom ons noem haar Susan,... Susan sukkel om die battery blokkie van die fairy lights aan te kry, maar na 'n gesukkel gloei hulle floutjies tussen die blomme en ivy deur. "En hier is nóg fokken liggies,..." Sy draai na die kas teen die muur met die glase en persente vir die gas en sukkel-sukkel nóg 'n paar liggies aan. "Ek gaan die "champagne" hier insit, dan kan die fokken mense hier sit en kuier tot laat, o my fok ek is moeg, weet jy hoe hard het ek hieraan gewerk!" Oorbluf met die uiters uitsonderlike en buite normale verwelkoming van vreemde mense (ons) by jou koffie plekkie (Susan s'n) antwoord ek toe. "Well done, dis pragtig!" My ma wat so te sê NOOIT in haar lewe vloek nie en dit nie in gesprekke goedkeur nie, is stil en oorbluf. My suster speel ook maar saam maar die lag sit dik agter haar glimlag.

Susan loop voor en verduidelik hoe sy hier en daar reggemaak het vir vanaand. "Julle moet hier in die fokken buite "lounge" sit. Dis al fokken plek wat daar is." Ek moet net hier bylas dat ons, behalwe vir 'n ouerige dame wat by die voorste tafel gesit het toe ons ingekom het, ons die enigste mense daar was... "Fok, wat gaan julle drink? Vat julle 'n "shooter" saam met my? Julle gáán drink nè?" "Net koek en tee of eintlik koffie vandag, dankie," is die skamele woorde wat ek bymekaar kan kry terwyl ek so skaam kry vir my ma se part met die aanhoudende gevloek.

"Ek bring vir julle Cappuccino's en Rolo-koek. Dis al wat daar is." Sy draai toe om op haar hakke dat die woeste, los, bolla-ponie van een kant van haar kop na die ander kant toe skuif en toe is dit stil.

Ons drie kyk vir mekaar en begin toe giggel. Ek en my suster uit pure oorbluftheid vir die komedie wat afspeel, en my ma seker maar as gevolg van skok!

Skielik is daar 'n ouer weergawe van Susan, die vroutjie van die voorportaal se tafel, wat skielik langs ons staan en wegtrek met haar kind en dié se kind en sý is ouma en noem die kleinding bleikbaar haar stofpoepertjie,... en toe verdwyn sy in die restaurant huisie in.

Ons drie wou nog hond haar afmaak van wié die was toe Susan met die drie bordjies koek aankom. Hulle is nie heeltemal gebalanseer nie en sy het dit net-net tot by die koffie tafel gemaak om dit neer te sit, met my hulp, deur een bordjie te vang. "O shit! Fok my! Daarsy... hier is die koek. Dis Rollo-koek. Dis nie baie soet nie. Ek hoop julle fokken hou daarvan." En daar gaan sy en haar bolla-ponie en wasbeer oë weer. Kort op haar hakke is nog 'n weergawe van haar, maar baie jonger,... en gesonder. Die koffie maak dit darem per skinkbord na die tafel toe, maar met die aflaai daarvan val 'n lepel en vang my sus haar koppie voor hy omval. Dis lang maer, deurskynende glas koppies met klein oortjies en lang teelepels met 'n buig in om op die kant van die diep koppie te haak.

"Hier is die lepel." Susan het weer van iewers verskyn en die lepel wat geval het opgetel en aan haar voorskoot afgevee en gesê," Dunk dit in die koffie, dan sal dit gesanitise wees."

Toe die twee mense verdwyn kon ons net lag. Daar was nie veel woorde om dié ervaring te bewoord nie. Dit was nie hoe ek die plekkie onthou het nie. Ons begin vermoed dat Susan dalk al 'n "shooter" of ietsietjie sterker in het.

Die koek was baie lekker. My ma gooi toe suiker by haar koffie en met die roer is daar 'n geklingel en vind ons uit dat daar reeds 'n gewone teelepel onder in die koffiekoppie wegkruip. Ons spekuleer vandag nog of die lepel vooraf daarin verdwyn het omdat hulle die verkeerde lepel geneem het om mee te bedien en toe ingeval het en of dit dalk 'n vuil koppie was met die vorige lepel in... Ons sal seker nooit weet nie!

Die res van ons kuier was darem in redelike vrede en die hoof gesprek het maar gehandel oor die vreemde gebeure, die taal, die lekker koek en die ekstra teelepel.

Na 'n halfuur is ons klaar en besluit om maar te gaan. Dis immers amper 5uur en spitsverkeer in die Moot in Pretoria!

Ek moet betaal en gaan soek toe vir Susan. Ma en sus begin solank deur se kant toe staan. Toe ek vir Susan opspoor is sy by die voordeur, maar sy laat ons nie uit nie, sy laat nog een wat soos sy lyk in. Die een se grimering is ligter en die hare is witter.

"Ek wil net betaal." sê ek. "Kom bar toe." sê Susan. "Wag!" skreeu die nuwe witkop Susan. "Hoe gaan dit!? Ek ken mos vir jou. Wie is jy?" vra witkop Susan. Ek gee my naam en wag vir die respons. "Van waar ken ek jou? Watter skool?" Ek sê toe waar ek werk en sy kan dit nie glo nie. Sy is uit die veld geslaan en wil weet of ek vir Evelyn ken en sy sal vir Evelyn vra of sy my kan onthou. Ek het afgelei dat dit nog 'n Susan is... Dus is hulle 5 susters en om een of ander rede is ek die mees bekendste gesig wat hulle ken. Hulle MOES my met iemand anders verwar het...

Ek soek toe weer vir Susan by die bar toe ek uit witkop Susan se greep van omhelsing kon ontsnap. Sy staan agter die kasregister. "Ek kan fokkol sien Pop. Ek het nie my bril vandag hier nie." "Wil jy dalk myne leen?" vra ek toe. "Ja, fok gee hier!" Sy sit my bril op en as daar engeltjie musiek kon speel was dít die oomblik daarvoor. "My fok! Waar kry jy die "beauty"?" "Dis my "cheapy", R50 paar van Crazy Store." vertel ek toe vir haar. "Dis die beste shit ooit!" verklaar sy toe. Na 'n klomp knoppies druk en betaal, is die transaksie afgehandel. Sy staan toe en groet.

Dankbaar dat die koek-en-tee amper verby is vra ek toe ewe bedees of ek my bril mag terug kry en of sy hom gaan hou.

Sy haal toe die bril af, gee so snaakse grinnik laggie en soen die bril. "Tata skattie." sê sy vir die bril en gee dit vir my terug. "Wag, kom gee my eers 'n druk en dan moet ek seker vir julle fokken oopsluit." Sy hol toe om die bar wat in die kombuis in verdwyn en in die gang uitkom oppad na die uitgang.

My ma en sus staan soos pilare en wag vir die vryheid aan die anderkant van die swaar houtdeure.

"Tata julle, julle moet fokken weer kom. Dit was nou fokken lekker."

My ma durf toe nog vra wie se boek-bekendstelling dit is. "'n Fokken boek..." was die antwoord. Aai tog!

Ons drie is toe in die kar en nog twee Susanne het ons kom afsien. Ons ry toe in die Pretoria spitsverkeer in en begin lag. Nog nooit het ek só iets beleef nie...en ek twyfel of ek ooit weer 'n plekkie aan ons kant van die land sal soek vir koek-en-tee.

Die kuier was onvergeetlik!!

Kaapse Draai

Hoe loop die lewe 'n draai met jou.
Eers amper lewens lank op die Rand
en nou sit ek op Melkbosstrand.
Ek tuur oor die see
en die gedagtes gaan mee.

Die gejaagde lewe met denke van beloofde betekenis en dae wat jaag,
word vervang met die rustigheid van die Kaap en laat
gedagtes daaraan, stadig vervaag.

Ek haal hier asem, ek sien die mooi, ek hoor die stilte,
en my kop, ai die besige kop, kom stadig maar seker nader aan 'n
rustige sinus golf wat toelaat dat alles om my weer ingeneem word,
beleef word en deel van my word.

Vir lank terg die gedagte van Kaap toe trek my.
Vir lank het die geleenthede gekom en gegly.
Maar nou is ek hier,
en hierdie Kaapse plesier...dis waar my hart rustig klop.

Die klam seesand girts onder my voete,
terwyl ek net loop en loop op geen bestemde roete,
maar so met die loop word die stemme in my kop stil.
Die see se ritme en wind neem oor en deur die gedruis van golwe en
sproei, hoor ek my hartklop, en die res om my vervaag...dit raak stil.

Tot net ek daar loop al is ander daar.
Die ritmiese druising en stilte dring deur tot diep in my siel waar daar
lanklaas só gevoel was...dit het nog nie 'n woord nie.
Ek voel dit, ek asem dit, ek beleef dit...dis daar.

So loop die lewe 'n Kaapse draai.
Van Rand na Lesotho, Marloth en terug.
En laastens nou hier,
in die Kaap op die kraai se rug.

Bainskloof

Bainskloof se stilte.
Hoë berge, bosse en...stilte.
'n Stroompie uit die berg
rol oor klippe en vleg
tussen takkies en rotse
En vloei en kabbel dan verby my.
Versamel in 'n poel
Wat 'n warm lyf lawe
Onder die son se soel.

Wabome en proteas langs die pad
en teen die hange.
Om elke draai in die pas en berge
is groen en bruin en geel
so saam met die rotse in God se tuin.

Die son se strale weerkaats teen die berge
die skadu's verklap al die spelonke en klowe
Wolke kruip stadig oor die rante
en verdwyn oor die kante
van eeue oue klip en steen monumente.

Bainskloof soos al die ander plekke in die Kaap
Kruip diep in jou hart in.
Die indruk van hierdie natuur sal jou nooit verlaat.

Visvang en rotse
Vir DTB

Ek staan op die rotse
My gedagtes gaan mee.
Dis ek en die golwe,
Die wind en die see.

Die sonsopkoms
tuur oor dáár die rand.
Met wie deel mens dié mooi?
Die wind, see en sand.

Die visstok se lyne
trek styf onder golwe.
En ure se denke
gaan verby saam met wolke,

wat ver langs aankom
en dan weer verdwyn.
So verlaat spanning die lyf
en laat bekommernis kwyn.

Hier in 'n baai
ver van mense se geraas.
Kan ek van die rotse af visvang
en bietjie stoom afblaas.

Asem in, asem uit
druis, ruis en stilte.
Ver langs dalk 'n skuit
wat vaar oor die kalm see se bulte.

Geseënd is die man
wat die vryheid kan beleef,
om vis te kan vang
en in rustigheid kan begeef.

Waar God met jou praat,
Jou hart, jou siel, jou denke.
Oop vir die lewe se mooi
En al Sy mooi geskenke.

Albertinia se "stop and go"

Die van julle wat al ooit in Albertinia was of al daar verby gery het, sal weet dat dit 'n bitter klein amper "God's verlate" dorpie is.

Op die N2 net voor Mosselbaai is daar 'n afdraai na Albertinia toe. Een teerpad in en dieselfde teerpad uit, tensy jy 'n "local" is en weet van die ander grondpad in en uit die dorpie uit.

Die straatjies is min en nou en gestrooi met bietjie teer wat hier en daar nog vasklou aan die vasgedrukte grond onder die pik. Huise dateer uit die jare 1904 uit nadat die gronde van die Hessequas "verkry" is. (Jare terug se geskiedenis en 'n storie vir 'n ander dag.) Die plaas Grootfontein is toe later na Ds. Albertyn vernoem en daar het jy dit; Albertinia. Maar dis nie oor die geskiedenis wat ek skryf nie.

So week gelede het 'n konsternasie die dorp getref. Die buurtwag groepies het omtrent aan die lui gegaan en gegons oor die karre wat toue staan vir ure lank en niemand beweeg vorentoe of agter toe nie. Wat gaan aan!? Was daar 'n ongeluk? Is daar 'n rooftog by die bank gewees?

Mense in klein verlate dorpies waar min tot niks gebeur nie raak vinnig opgewonde en oordrewe met verbeelding om die onbekende in te vul.

Party motors van die "local-oaks" het omgedraai en die grond paadjie gery om by hulle huise te kom net om weer in 'n ry karre tot stilstand te kom.

Na 'n rukkie is die dilemma op die groepe bevestig en kon almal rustig raak.

Daar was 'n "stop and go" ingestel waar daar aan die teerpad in die dorp gewerk was om van die stof weer met teer te besmeer. Die ry van 'n 7 karre-opeenhoping was die nagevolg daarvan en so ook die grondpad wat by dieselfde "stop and go" by die teerpad in die dorpie aansluit.

En die ure se wag was ook nie so erg nie. Maar op klein dorpies is enige opgewondenheid rede vir stories skryf!

Blommie in die blomme

Ouma Jo en Oupa Heyn sit soos oudergewoonte in die voorkamer en luister na musiek op die draadloos, lees 'n boek en maak so nou en dan 'n opmerking waar die een die ander moet vra om te herhaal wat gesê is met die antwoord dat dit wat gesê is reeds vergete is en so gaan die daglumier aan.

Op 'n stadium staan Ouma Jo op en loop na die stoep en loer uit na die tuintjie. 'n Nuwe voël geluid het haar aandag getrek en sy moes gaan ondersoek instel. So met die staan en luister en soek, loer sy oor haar en Oupa se harde hande werk van hulle mooi tuintjie. Dit strek van hier net onder haar voete van die stoepie af en maak so Kaapse draai tot so 7 meter verder in hulle agterplasie. Dis min maar dis mooi.

Met die trap en omdraai verloor Ouma Jo haar ewewig en tuimel in die tuintjie net af van die stoepie in. Met die val breek sy haar gewrig. Sy draai op haar rug en bly lê. Te bang om uit te vind wat nóg als moontlik gebreek is!

"Pappa,..." roep Ouma Jo met die hoop dat haar enigste ruiter op sy wit perd of met wit hare haar sal kom red. Geen antwoord en geen geluid volg 'n ewige wag in die stilte.

"Pappa...!" roep sy weer met bietjie meer dringendheid in haar stem. Sy lê stil en luister. Ah! Die bekende geskuifel van oupa se sagte mokassins oor die mat word gehoor en sy weet hy "snel" hom tot haar redding.

Oupa Heyn staan op die rand van die stoep en tuur uit oor die tuin. Hy begin wonder of hy reg gehoor het. Hy sien dan niks nie!

"Blommie? (Oupa se troetel naam vir haar) Waar is jy? Ek hoor jou, maar sien jou dan nie!"

"Hier in die blomme!"

Focaccia Café; Tweede rondte
Vir DTB

Weereens, soos vir die vorige skrywe oor Focaccia Café, word die leser gewaarsku teen kru taal en suggestiewe verwysings.

Dis 'n Saterdag oggend; ek en my vriend, Thomas, ry gou 'n paar draaie en besluit om na die tyd gou iewers 'n koeldrank te gaan drink. Na 'n kort gekoukus stel ek Focaccia Café voor. Thomas was nog nie daar nie en met bietjie voorbereiding van wat verwag kan word, is ons toe daarheen.

Met aankoms is daar 'n string karre in die 5-kar-parkeerarea en paadjie voor die plek. Ek neem toe aan daar is weer een of ander bymekaarkoms aan die gang, maar sulke dinge skrik my mos nie af nie. Ek wil graag die plekkie vir Thomas wys.

Toe ons instap is die tafels vir die volgende dag se Moedersdag gedek met die mooiste tafel- en balkon versierings. Al wat kort is die vars blomme wat seker die volgende dag geplaas sou word. In die aanlas kamer na regs is daar 'n groot geklets van vroue wat 'n verjaarsdag fier en oor en dwars met mekaar gesels.

Ek stap toe, by die kombuisdeur na links en die gangetjie-kroeg voor my verby, na die vryheid en oopte van die buite tuin-area. Die bome is nog lowergroen vir Mei in Pretoria en dis nie koud nie.

Ons sit toe by 'n tafel vir twee langs die visdam en watervalletjie. Rustig,...

"Môre my prins, môre my prinsessie," word ons twee deur die kelnerin gegroet. Sy neem ons skamele bestelling van twee koeldranke en na nog 'n, "Reg so my prins en my prinses," is sy toe daar weg.

Vir 'n paar minute kry ek en Thomas bietjie tyd vir gesels en toe stap Susan daar in...

Sy herken my nadat ek haar groet. "My genade Muis! Hoe gaan dit!?" skreeu-groet sy. Ek staan toe op en omhels haar...en sy klou vas! Thomas het bly sit...hy ken haar mos nie!

Sy kyk toe na hom toe ek weer gaan sit het nadat ek uit haar greep gekom het en sy sit toe die gesprek met hom voort. "Julle, ek het mos van daai China-sykouse aan,... hulle sit al heeldag net hier," sy beduie met haar hand so halfpad op met die bo-bene waar die ongemak van die afsak kouse lê. "Dit voel of my een bal hier hang en die ander een daar." Verstom kyk ek en Thomas vir mekaar. Ons sprak geen sprook nie. Geen terugvoer op so 'n bediening van woorde sal van pas wees nie. Ons kyk toe weer in haar rigting sonder om te blik of te bloos. Susan het intussen 'n sigarette aangesteek en 'n stoel aan die tafel langs ons uitgetrek en haar daar gaan neer plak .

Die gesprek wat gevolg het, het gehandel oor Moedersdag van die volgende dag, en hoe sy bemark en wat als bedien gaan word, wie gaan sing en dat sy op dié stadium nog nie besprekings het nie. "Wag ek stuur vir jou 'n Whatsapp dan bemark jy, Muis, jy ken mos baie mense!" Ek herinner net weer die leser dat ek haar nou 4 keer in my lewe gesien het en ons mekaar van geen sout of water af ken nie...

Sy vra my naam en sy lees dit by haar foon in. Ek gee toe my verkorte spelling van my naam siende dat niemand dit ooit reg kan spel tensy dit met een of ander verduideliking gepaard gaan nie. Sy stoor my in haar foon as Vinet Focaccia. Ek is mos nou immers deel van "Focaccia Café" se kliënte!

Die kelnerin kom te voorskyn met ons koeldranke en ys op die kant. Ek hou daarvan,...ys op die kant. Susan bemark voort met die een Whatsapp na die ander wat ek nou moet aanstuur na my status op Whatsapp en Facebook en ander platforms. Sy maak dit baie duidelik dat die mense wat kom sing, baie bekend is en baie duur is. Enige gaste moet net R50 kontant bring om dié kostes te dek.

Een van die kombuis mense kom te voorskyn met 'n klein, vlak, vierkantige bakkie met springmielies in. Hy sit dit neer en verdwyn. "Ek het 'n "vintage popcorn"-masjien gekry en kyk net hoe lekker. Dis net R20 'n bakkie!" Op die stadium hoop ek regtig sy maak 'n grap oor dié skamele bediening!

Die kelnerin kom te voorskyn en sê vir Susan dat een van die verjaardag gaste wil vertrek en graag haar stukkie verjaardagkoek soek voor sy gaan. "Ag fok haar, sy kan wag, jy sien mos ek rook nou eers. Sy kan by die "birthday girl" 'n stuk koek kry, sy moet wag. Donderse mense...", en daar staan Susan toe op,...seker maar met die nodige, kliënte-kom-eerste-ding-diens, en sy is weg.

Ek en Thomas het vir eers net giggels en verbasing onderdruk voor ons weer aan die gesels kon kom. Susan is kort daarna weer terug cm die laaste trek van haar sigarette te kom klaarmaak en toe ook sommer 'n gedeelte van een van haar eie Engelse diep gedigte vir ons te resiteer. Skielik uit nêrens kom staan 'n lang skraal man met 'n lang swart jas langs haar. Hy staan heel pateties met die skouers wat hang en kyk net vir haar. Hy sê nie boe of ba nie. Sy kyk op na die man en sê, " O, hier is my orrelman. Het jy klaar ge-orrel-tjorrel? Oe! Dié man sê weer niks vandag nie! Loop,.. ek kry jou by die bar!" Die man, na geen woorde sy mond geuiter het nie, stap toe daar weg kroeg se kant toe. Soos die man wegstap fluister sy na ons kant toe, "Die man is 'n aktuaris. Hy rol in die nulle! Hy ry die mooiste Mustang!" Sy staan toe op en druk so skuif-skuif tussen my en ons tafel verby. Tussen ons tafel en die visdam groei 'n "curry"-boom. Die blare ruik ongelooflik lekker.

"Dis al R12 vir 'n stiggie as jy jou eie wil koop vir kos maak, maar nie ek nie, ek het my eie boom." Mens hoor sommer die spog in haar stem. Sy is daar weg met "curry"-blare in die hand na die orrel-tjorrel man toe. Die koeldranke en springmielies is op en ons besluit dis tyd cm te gaan. Ons loop toe eers 'n draai deur die eksentrieke toe gegroeide tuin, Afrikaanse Taal Monumentjie, oor stroompies en by esteties wulpse standbeelde verby en terug na waar ons begin het.

Ons kry vir Susan agter die kroeg by die kasregister en vra om te betaal. "Jou bril muis? Ek weet nie waar myne nou is nie..." Ek voel toe op my kop en besef ek het nie myne nie." Sy moes toe maar skrefies oë kyk en oplui voor ek en Thomas kon verkas. Ons moes darem nie vir die springmielies betaal nie.

Soos altyd was die kuier by Focaccia Café 'n dag om te onthou en neer te pen! Tot volgende keer!

'n Opsomming
_{Vir MJV}

Daar is nie woorde wat kan beskryf hoe lief mens vir iemand is as die liefde jou en dié persoon bind nie. Geen mooi sêgoed van Facebook en Halmark kaartjies kan die gedagtes wat gedeel word sonder woorde beskryf nie. Die, kyk vir mekaar en weet...

Liefde is dieper as net hartsbegeerte. Verliefdheid, ware verewige verliefdheid is vir min beskore. Baie begin as 'n paartjie daarmee...maar later is dit net liefde wat oorbly en selfs dit vervaag vir baie na jare saam.

Met ons was dit anders. Met ons was dit uniek. Ons was verlief. Elke dag! Ons was lief vir mekaar. Elke dag!

Wedersydse respek. Wedersydse vertroue.
Geen baklei, ooit!...en ware, verliefdheid-liefde.

Dit is 'n opsomming van 28jaar saam met 'n onbeskryflike mens.

Mynesinne!

En nou is twee jaar al verby van sonder hom leef. En die gedagte van hom bly, maar die lewe gaan aan. Dele van wat ons gedeel het is ingeboesem in my daaglikse doen en late. Keuses wat gemaak word met oorleg en nadenke aan vorige gegewe raad, besluite en besigheids voornemens wat goed deurdink word met 'n tikkie van my eie spontaniteit, moedswilligheid en impulsiwiteit maar steeds met die nodige oorleg.

2 jaar. Nuwe lewe, nuwe lewensbaan, nuwe leefwyses, nuwe vooruitsigte.

2 jaar.

Bainskloof brand

Grys as
Verkoolde lewens stokke
Gebluste klippe
Dood.

Dis wat oor is na die Bainskloof brand.
Een spoor van 'n meerkat.
Een spoor van 'n dassie.
Een klein akkedis en
Een groter koggelmander.
Dis al.

Die voëls kon vlug.
Hulle sing lewe terug
en die groot ooruil
het darem ook gisteraand gehuil.

Geen diere voetpaadjies wat die weg aanwys nie.
Geen skrop onder verbrande takke en bosse
om slaapplek en snuffel plek aan te dui nie.
Niks. Net niks.

Dis swart en grys en stof.

Maar die fynbos sade spring oop.
Die water loop en iewers in hierdie natuur van niks,
lê daar tog hoop.

Maklik

Dis vreemd hoe, nadat jy 'n weduwee word, mense,...nee mans, outomaties aanneem dat jy jouself beskikbaar stel aan die samelewing en dat, al het jy nog altyd 'n besadigde persoonlikheid gehad, aangeneem word dat jy oornag "maklik" geword het.

Hier volg 'n Whatsapp gesprek wat uit die bloute verskyn het na 2jaar en 4maande na my man se afsterwe van 'n kennis wat hý gehad het. Dié persoon was nie 'n vriend nie, net 'n kennis. 'n Borg vir 'n gholf dag jare gelede. Ek het hom wel ontmoet by die gholf dag, as 'n borg en dit was dit.

Hoe hy my nommer gekry het, weet net hy. Hoe hy weet dat ek in die Kaap is...weet ook net hy.

Ter beskerming van wat ook al se waarde vir die man toegeëien mag word, kom ons noem hom dan nou maar ES.

[02/16, 09:17] ES: Hallo V, gaan dit nog goed met Jou daar ini Mooie Kaap

[02/16, 09:17] V: Hi. Ja. Jy?

[02/16, 09:19] ES: Ek het so effense klein Krisis en wil net weet of Jy my dalk kan uithelp🙏🙏🙏

[02/16, 09:19] V: Watse probleem?

[02/16, 09:19] ES: My Mensie, ek wil my hande uitsteek na Jou toe vanoggend. Ek sit met n persoonlike Krisis en weet nie meer wie om te vra nie.

Ek moet dringend vanoggend iets betaal en kort die geldjies. En ekt n deal wat eers oor 2weke sal uitbetaal as dit nie dalk vroër is nie.

En ek wil aan Jou deur kom klop en hoor of Jy my kan uithelp. Ek vra dit met my Kop gesak en glo my dis nie lekker nie😔🙏🙏🙏

[02/16, 09:20] V: Sorry. Kan regtig nie. Is self in die knyp.

[02/16, 09:20] ES: Dankie. Ek verstaan

[02/16, 09:20] ES: Dankie dat ek met jou kon deel

[02/16, 09:20] V: Ek hoop jy kom reg

[02/16, 09:21] ES: Dankie. Ek glo ek sal

[02/16, 09:21] ES : Wat doen Jy deesdae

[02/16, 09:21] V: Probeer werk uitdink 🙈

[02/16, 09:21] ES: Om net besig te bly?

[02/16, 09:21] V: Nee…om geld te verdien 😊

[02/16, 09:22] ES: Aaa ek verstaan

[02/16, 09:24] ES: Hori. Ek wil Jou iets vra. Maar eks so bang jy dirk eks orig of iets 😂😂😂

[02/16, 09:24] V: Wat nou!?

[02/16, 09:26] ES: Nee. Eks te bang jy dink eks simpel en verloor ons vriendskap

[02/16, 09:26] V: If you don't talk, I'll never know and neither would you…

[02/16, 09:27] ES: Het jy n stoute kant?

[02/16, 09:27] V: Glad nie!!! 😳

[02/16, 09:27] ES: Sien. So nou weet ek

[02/16, 09:28] V: 👍

[02/16, 09:28] ES: 😂

[02/16, 09:28] ES: Hori. Laat ek gou hier klaar maak. Ekt nou n Meeting 10uur 🙏🙏🙏

[02/16, 09:28] ES: Lekker naweek hoor

[02/16, 09:28] V: 👍

En dit was die einde van daardie wildvreemde gesprek. Ek het deur die dag met oorbluftheid nagedink oor die gesprek. Hoekom so uit die bloute uit? Hoekom sommer sulke persoonlike vrae? So met die dinkery, soos my kop maar maak, onthou ek dat ek so rukkie terug van my neef gehoor het, met 'n waarskuwing dat sy foon "gehack" was en vreemde boodskappe aan sy kontakte gestuur word. Ek moes dit ignoreer. Hoe meer ek nagedink het, hoe meer het ek gewonder of dit nie dieselfde geval was nie? Iemand met integriteit, soos ek die man kon onthou en maar gedink het, sal mos nie sommer so vra vir geld en...ai!!!

Ek besluit toe om die man te bel en te hoor of dit die geval is!!?

Die foon lui deur na die antwoord boodskap en ek sit neer. Jip, dink ek, "gehack", of gesteelde foon. Maar nee, toe nou nie!!!!!

[02/16, 16:06] ES: Hi. Eks in n meeting

[02/16, 16:06] ES: Stuur my n boodskappie

[02/16, 16:06] V: Geen probleem.

[02/16, 16:06] ES : Wats fout?

[02/16, 16:07] ES : Ek gaan lank besig wees

[02/16, 16:08] V: Niks. Het begin wonder of dit 'n "prank" WA was vanoggend want een van my neefs is so gehack en het vreemde boodskappe deurgestuur. Wou bel om te hoor of jy dieselfde oorgekom het. So....

No problem then.

[02/16, 16:08] ES: Shame. Ek verstaan

[02/16, 16:08] ES : Nee. Geen prank

[02/16, 16:08] V: 👍👍

[02/16, 16:08] ES : Mooi naweek

V blocked this contact.

Die wêreld is siek! Sommige mans is siek! Hoe kan daar net aangeneem word dat vrou alleen wees jou beskikbaar maak vir die samelewing se wil, doen en late? Ek hoe kan 'n man dan in dieselfde asem iemand sommer so wil uitbuit?

Enkel lopende vroue is baie sterker as wat baie mense besef! Hoe langer ons alleen is hoe minder het ons mense in ons lewens nodig. En dit is amper meer gevaarlik as enige bar man daar buite!!

Ek staan oorbluf!

Tussen Worcester en Robertson

Die pad tussen Worcester en Robertson is prentjie mooi. Die Breederivier vallei lê uitgerek vir kilometers. Die donker Hexrivierberge troon bo die landskap uit en verdwerg alles wat rondom hulle gebou is. Die spierwit wolke teen die blou lug is amper verblindend. Kleure van groene en geel, pers en oranje lê gestrooi oor die landskap soos wat die blommeprag die wêreld daarom verf. Die bergreekse wat een voor die ander staan verdof in die verte, met kleure van skakerings van blou, grys en pers.

Ek neem foto's met my foon en probeer ook foto's neem met my kamera maar nie een van die twee vang die mooi of grootsheid daarvan vas nie! 'n Mens kan hierdie mooi net met iemand deel as hulle saam met jou is en met hulle eie oë hierdie mooi kan sien!

Êrens van nêrens

Iewers tussen êrens en nêrens
Staan 'n huisie van ouds teen die Soetmuisberg.
'n Stroompie loop straks by die voordeur verby;
Iewens gebeure en stories is hier deur die jare verberg.

Die hange is groen in die winter reën.
Sneeu het dit dalk ook al bedek?
Naby Boschrivierplaas en Riviersonderend,
is mense lewens geleef, beleef en geseën.

Die natuurskoon oorweldig enige persoon se hart.
Dis vêr van alles maar naby jou God.
Dis genoeg vir die siel en die boer se lot.
Ek verstaan hoekom 'n man vir sy vrou
hier 'n huis op sou slat.

Die groen teen die blou lug...
die rivier se kabbel oor rond gemaalde klippe.
Die vervalle gehuggie-huis staan net-net nog.
Met die laaste van drome wat op die Kaapse wind vlug.

Emmers vol Liefde

Iewers tussen Citrusdal en Clanwilliam moet 'n troue gereël word.

Hannelize en Allie gaan trou en sy soek nie die "wit rok in die kerk"-troue nie. Allie is gelukkig met enigiets solank as wat sý Hannelize gelukkig is.

Sy soek tente vir die gaste om in te slaap, maar nie kamp tente nie, sy wil die "glamping"- tente hê. Álmal moet oorslaap. Dis ver ry vir almal so almal sal moet oorslaap en daar is nie veel oorslaap plekke in die omgewing nie.

Allie bel en onderhandel en sy hartsliefde se tente word gereël vir die Oktober troue. Dis dan lente tyd en als om hulle sal mooi vars en groen wees en om in die tente te slaap sal dan ook nie te ongemaklik wees nie.

160 gaste. Dis hoeveel mense daar sal wees, Dominee en sy vrou ingesluit.

Al die reëlings vir die troue verloop goed en hulle kry mense van heinde en verre om te help met die opstel van die trou kapelletjie in die veld met ou kerk bankies en piekniek-hout tafels vir die onthaal.

Die kosmaak is 'n bietjie van 'n probleem maar hulle kry iemand gereël en kort voor lank breek die groot dag aan.

Hannelize staan voor haar man in haar kaal voete en rok met pienk blomme en blou en geel strikke. Hy staan voor die kansel in sy kakie kortbroek en vellies. Die twee kan nie gelukkiger wees nie.

Na afloop van die seremonie en ja-woorde word die gaste na die tafels in die veld gelei vir die onthaal en die nuwe egpaar is oppad om met 'n donkie kar die veld en bosse in te ry om foto's te gaan neem.

Haar ma, Marlize, lyk ewe benoud en kom na haar aangehardloop net voor die donkie 'n klap oppie boud kry en daar wegtrek.

"Die kos het nie opgedaag nie!! Wat wil julle doen?" Mamma Marlize is uitasem en duidelik benoud en is op die punt van 'n ineenstorting.

"Ons maak boereworsrolls!", sê Hannelize. Die donkiekar sweep klap en die twee met die fotograaf by, trek ruk-ruk daar weg! "...en aartappelslaai!!!", skreeu Allie voor hulle om 'n bos met die donkiekar, drywer en fotograaf verdwyn.

Mamma Marlize staan en top en spring toe weg.

"Hannes, my man! Kry die bakkie, ry plase toe en gaan loep kry braaiers en hout!" "Stefaans, jaag jý gou dorp toe en kry wors by die slaghuis en rolle by Checkers!" "Siena, jy kom saam met my, ons gaan iewers inval op 'n plaas en aartappelslaai maak."

Die gaste het intussen begin kuier aan die koeler boks improviante wat elkeen saamgebring het, per instruksie van die uitnodiging.
'n Uur of wat later brand die vure en nog 'n uur later is die kilogramme wors op die vuur.

Tant Sara het van iewers af gereël vir tamatie en uie smoor.

Toe Hannelize-hulle terug kom van die foto sessie af, is Mamma Marlize en Siena oppad met die aartappelslaai. Drie emmers vol!

"Ek kon nie groot genoeg bakke kry nie...dis nou maar emmers Hannelize...eet! Kuier en eet en vergeet tog net van die emmers!!"

"Dis perfek!", sê Allie. Hannelize glimlag en een van die beste troues, het daar, tussen Citrusdal en Clanwilliam, afgespeel. Daar was nog genoeg aartappelslaai en broodjies vir ontbyt, die volgende dag!

Wat 'n pragtige voorloper was dit nie, van 'n lang en gelukkige getroude lewe vir Allie en Hannelize.

Padlangs

'n Rit langs die kus,
'n sonnige dag saam met sus.
Deur die verkeer laat ons die verkeer verdwyn,
by duine, veld en fynbos verby tot daar by Jakkalsfontein.

Hier stop mens op "Route 27",
Vir Roosterkoek met enige "filling"!
'n Pitstop en snuffel winkel met ditjies en datjies om in rond te snoep,
daarna weer padlangs en in die hand 'n reuse roosterkoek!

Langebaan, soos ek onthou was 'n kleine kusdorp,
maar nou bars hy uit sy nate
met 'n uitbreiding van huise en
'n winkelsentrum vol van die normale magnate.

Saldanha was van daar af net om die draai,
hier is stilte en rustigheid en 'n kleine kaai,
En toe vat ons die afdraai na Jacobsbaai,
en hier het my hart en siel die mooi gesien wat golwe van emosies
oorlaai.

Jacobsbaai kort sy eie vers.
Die wit kalk huise, stoepe en see uitsig,
versier die landskap soos 'n wit kombers.
Hier sal ek dalk huis moet koop;
ek voel verplig!

Verder aan na Vredenburg en Velddrif,
Tussen iewers en nêrens staan die dorpies,
ek's oorbluf.
Hier kom sout vandaan:
en wat in die soutpanne staan
is toe flaminke en nie pelikaan!

Die Kaap is mooi waar jy ook al gaan,
So ry ek en my sus so padlangs aan.

On the spectrum

I find life so interesting. Looking at people from a distance, listening to their conversations with others if they are within earshot.

People are interesting. Their thought processes and the need to share these thoughts with the world! That is something that has always puzzled me. Some people are aggressively secretive. And if they speak, it is with the least amount of information about their personal lives. Months and even years can pass with certain acquaintances from which you never gather any certain information. Others, however, cannot wait to have a willing ear to hear about their trials and tribulations.

Today was such a day. A bookstore salesman had the sudden urge to impart very personal information to a client who just wanted to purchase a book.

I was waiting in line to pay for my book. The person in front of me, dressed in a maroon short, pinkish washed-out T-shirt and flip-flops made his purchase. Not that what he was dressed in made any difference to the conversation. I just had time to take notice of this while waiting on the dialogue that took place to come to an end. The salesperson started with the usual pleasantries and after the card transaction took a few seconds longer than, I guess he was used to, he felt the need to inform the patron that he went for "those tests" at school which put him on "the spectrum". Looking at him from over the gentleman's shoulder in front of me and listening to his voice and inflections, my mind started wondering and tried to figure out which spectrum he was referring to.

He obviously thought that it was also very important to explain why he made this statement and continued on that he didn't have the ability to feel different emotions in different situations. In my mind, he sounded quite proud of himself. Then he continued, with a little annoyance in his voice, that he could not apply for disability or grants because he is JUST on the spectrum. "I am always happy. I never have any other feelings or emotions." the salesman said in disgust.

Pink guy just stood and I presume, prayed for the card machine to print his slip as he didn't give any attention to any of the statements being made.

No sooner was the last statement uttered, that he now works in the bookshop and that he is very happy to be there, that the man could take his book and leave.

I was next in line and the salesperson started singing, almost trying to reiterate his happiness. I bought my book with no further interruptions or small talk. I had my cash ready in hand for a swift exit and no need to talk.

Leaving the shop, I spared a thought for the poor man who had to share his lonely day with so many emotions in a few minutes, apparently being "on the spectrum" and not feeling any emotions except happiness, after clearly feeling annoyed, proud, irritated and happy.

I am still bothered about which spectrum he was tested for and referring to? Someone got something wrong somewhere.

Die Mielieland

Hercules Johannes du Plessis. Die name gegee aan een van 5 kinders. Boepsie en Joey was die susters, en dan die drie broers, Andries, Koos en Hercules, beter bekend as Klaas.

Dis die 50's en 60's en myne is druk besig met ontginning in die, tóé, Transvaal. Fanagalô is die taal wat gepraat word in die myne om die verskillende rasse se taal beperkings met mekaar te oorkom en Klaas kon dit vlot praat. Dis harde werk. Dis vuil werk en dis lang ure.

Klaas was 'n ongelooflike innoverende mens. Elke ding moes makliker gedoen kon word en as daar nie iets was wat die werk kon vergemaklik nie, was iets uitgedink en gemaak tot dit gewerk het. Uitvinding na uitvinding het die lig gesien.

Klaas was 'n koulike mens en na sy nagskof het hy graag buite in die son op 'n bed geslaap met 'n "kontrepsie" wat 'n skaduwee oor die gesig gegooi het maar ook saam met die son beweeg het om die gesig die heeltyd in die skadu te hou. In sy Volksie het hy 'n pyp aan die verhitting van die motor gekoppel. Die pyp is dan in sy klere ingedruk; by sy kraag of die moue, om hom warm te blaas, maar om ook sodoende, menigte male brandwonde op te doen. Dié wat Volksies ken sal weet hoe warm so enjin die lugreëling kan laat blaas. Ook het hy 'n gloeilampie in 'n tennisbal geplaas. Wanneer hy gaan slaap het, het hy dan dié tennis bal onder sy arms, teen sy lyf of agter die waai van sy bene of voete rond geskuif om hom te verhit. (Lank voor die dae van verhitte komberse.)

In die kombuis het hy soetlekkers gemaak met teelepel afmetings om presies vier suiglekkers te maak. Niks meer nie en niks minder nie. Sy tande het hy self gestop met die regte mediese middele van daardie tyd. (Hy het op sy oudag wel net 3 tande oor gehad...of 2!?)

Klaas het 'n gunsteling gemmer kat gehad wat in die middae vir hom in die oprit van die huis, wat hy self gebou het, gewag en wanneer Klaas dan met sy motorfiets by die huis gekom het, het die kat op die motorfiets gespring en saam met hom tot in die agterplaas gery.

Hy het as kind polio gehad maar sy pa het sy bene met tamatiekis plankies reg gespalk. Tydens die geboorte van sy eerste van twee seuns was hy in 'n motorfiets ongeluk, oppad hospitaal toe. Hy is toevallig in dieselfde hospitaal as sy vrou opgeneem. Sy been is gespalk en toe hulle hom in die kamer by sy vrou inrol was sy eerste geborene reeds daar. Later op die myne het hy sy ander been sleg gebreek en was die been krom en mank vir die res van sy lewe. Dit alles na polio!

A.g.v. die mank bene was hy dus nie 'n groot voorstander van gras sny nie, en daarom het hy sy hele tuin met sement toegegooi en hier en daar 'n gat gelos vir 'n roosboom of struik. Die sement plaveisel was dan groen geverf!

Een van sy grootste uitvindings was 'n metaal hefboom wat ontspoorde koekepanne onder in die myne weer op die spore kon kry met net die krag van manne. Hy het dit nooit gepatenteer nie en dus nooit erkenning daarvoor gekry nie. Nie te min. Daar is honderde stories van uitvindings en tamatieplantjies en glaskaste en hardloop masjiene wat hy vir sy vrou Nel gebou het. (Jare voor die eerste "treadmill" die lig gesien het.)

Een van my gunsteling staaltjies van Klaas is die volgende. Klaas het een aan na 'n nagskof huis toe gery en was moeg. Die paaie in en om Krugersdorp en die myne was maar donker en dié spesifieke aand het hy met sy moeë oë huis toe bestuur. So met die "dim en bright" van die oë sien hy toe skielik 'n trok voor hom en swaai uit en om! Gelukkig het hy die trok gemis maar wel in 'n mielieland tot stilstand gekom. Die trok was glad nie daar nie...maar wel 'n T-aansluiting se sjevron bord.

Oupa Klaas was 'n eksentrieke, interessante, one of a kind, mens!

Etenstyd by die Ouetehuis

Elke dan en wan het ek vir Ouma gaan kuier. Sy het in Warmbad, nou Bela-Bela, gewoon in 'n baie oulike aftreeoord.

Sy het 'n twee slaapkamer plekkie gehad en dié was so eg na haar smaak versier. Kleurvol en vol ditjies en datjies wat haar aan mense, plekke en gebeure herinner het met die mure dan ook vol foto's en familie kunswerke. Haar tuin was vir haar so 'n trots en net soos haar huis deurmekaar en vol kleur met allerlei interessante gediertetjies en dingetjies wat hier en daar onder 'n bos of plant of blaar uitgesteek het.

Sy het ons altyd bederf met haar eie gebak van Hertzoggies, Jan Smutsies, jam tertjies, pasteie, een of ander vleis wat jy moes huis toe neem en 'n rol of twee toiletpapier! Sy het so 'n groot hart gehad en aan almal is daar altyd iets uitgedeel.

Omdat sy so ver van ons af gewoon het, het ek gewoonlik oorgeslaap en dan weer die volgende dag vertrek om die kuier darem die moeite werd te maak. So saam met die kuier het sy dan spesiaal vir ons kaartjies gekoop om in die oord se eetsaal middagete te gaan eet. Gewoonlik het sy self ietsie gemaak of sy het kos van die eetsaal af by haar huis laat aflewer. Maar hoe moet Ouma nou "brag" as jy in die huis by haar bly,...nee jy moet eetsaal toe waar almal jou kan sien en sy vir almal van jou lewensbesluite kan vertel!

Etenstyd was 12uur die middag en teen 11:30 het ons al in die ry gaan staan. Ouma het later jare 'n kierie gebruik om seker te maak sy val nie, maar op dié stadium van die storie en haar lewe het sy dit nog nie nodig gehad of gebruik nie. Dit was toe vir my vreemd toe ons by die eetsaal stop en sy die kierie uit die kattebak van die motor haal. Ons stap toe saal toe en loop by 'n string mense wat reeds in 'n ry staan verby.

Heel voor in die ry is ou mensies met looprame, karretjies en kieries. Die res wat agtertoe in die ry staan, staan sonder enige hulp. Toe maak die kierie vir my sin. Ouma wil voor in die ry staan. Soos ons vorentoe stap, stop sy elke kort-kort by wildvreemde mense en praat met hulle asof sy ieder en elk ken en stel my voor en die hele storie wat sy dink hulle van moet weet en dan stap ons so drie tot vier mense aan en herhaal die hele spul tot sy voor genoeg was met die kierie.

Hier staan ons toe nou vir nog so 10 minute tussen die looprame- en kierie-mensies tot die deure van die eetsaal oopgemaak was. Ek het verwag dat ons teen slakkepas die eetsaal sou ingaan siende dat die kreupeles die ry volgemaak het, maar nee, Ouma kap die kierie onder die arm in soos Fred Astaire en een tannie lig die loopraam sommer op en loop vorentoe sonder om die ding eens grond te laat raak!

Die mensies "hol" die saal binne en gaan sit by verskillende tafels. Die oord se kombuis staf kom toe aangestap met borde vol kos en sit dit voor die mensies wat sit neer. Die res van die gepeupel wat in die ry agtertoe gestaan het, sonder kieries, krukke en looprame, val toe in 'n nuwe ry in waar hulle kos opgeskep word en hulle dan bord in die hand tafels toe stap.

Ek bring toe die kloutjie by die oor! Ouma wil bedien word! Sy wil nie in rye staan nie en 'n paar ander het ook hierdie skelm streek aangeleer en buit dit uit!

En toe begin die gesprekke om die tafels. Ek het daardie dag net geluister want die mense moet maar hard praat as hulle wil hê dat enigiemand gehoor moet word! Die mensies het dus skreeuende gewys gekommunikeer en meeste gesprekke van tafels om ons s'n kon dus gevolg word! Een tannie vra vir 'n ander, aan 'n tafel so skuins agter ons, of sy nuut is in die oord. Baie verontwaardig antwoord die vroutjie toe, "Haai Susara, hoe meen jy dan nou! Dis ek Magriet. Ek het net my hare gesny!" "O! Ek dag jy is 'n nuwe intrekker want jy sit eintlik nou op Magriet se plek."

Aan 'n ander tafel kla die een tannietjie oor 'n Oom Jan wat weer so vyf maal daar by haar kamer venster verby gestap het. "Maak dan jou gordyne toe, Miems." stel die een tannie toe voor. "Ek gaan nie. Ek hou van die sonskyn op my bed. Hy moet met sy katoolsheid wyk!" Ek dag ek sluk 'n stuk blomkool heel in!

Aan ons tafel kyk 'n oompie op sy horlosie en besluit dis baie belangrik om die volgende stelling te maak; "Dis nou 12:21, ek was nog nooit so voeg in die eetsaal nie."

Die res van die tafelgesprekke het maar gehandel oor wie die moegste, siekste en seerste was, watter medisyne nou weer geneem moes word en ander praatjies oor die mens se liggaam se doen en late, wat glad nie by enige tafel gesprek pas nie, maar vir hierdie mense 'n normale dag se gesprek geword het.

Na die baie lekker ete en nagereg, staan ons toe op en groet almal en oppad uit vra ek vir Ouma of sy nog haar kiere wil hê siende dat sy hom by ons tafel agter gelaat het. Dadelik gryp sy vas aan 'n tafel vir dramatiese effek en sê sy kan nie verder sonder die ding nie, ek moet dit asseblief gaan haal! Ek lag toe maar net so saggies in my binneste en gaan haal die baie belangrike kierie. By die deur is daar 'n tannietjie op 'n karretjie wat ook wil uitgaan. Ouma stap toe voor haar uit, maak die deur oop en hou hom oop met haar kierie. Ek val toe terug sodat die tannietjie kan uitry voor my en ek die deur kan vang as hy sou toeklap. Hoe verontwaardig was die vroutjie omdat Ouma durf voor haar uitstap? Sy kon mos sien dat haar bene erger af is as Ouma s'n.

Ai die ou mensies darem!

Blou dag

Blou is die Berg by Blouberg.
Wild is die waters wat die bloumaan uittrek.
Sproei en skuim en golwe verberg,
die krag van die waters wat spoel en trek.

Stil is my hart en gedagtes.
Stil is die wind en die reën.
Vrede is in my en om my,
Al is die wilde waters om my heen.

Laatmiddag in Melkbos

Die silwer see strek ver voor my uit en verander na bloue.
Hoe dieper, hoe blouer met die son se strale wat in die laatmiddag op 'n kalm see op die perdjies se rûe speel.

Die meeue draai en skreeu en lê op die wind se rug. Hulle speel op die wind wat hulle die kant en daai kant toe waai. Sorgeloos...vry.

Sonstrale begin deur die bome loer en die strale tref berge en rotse en strand en golwe. Alles word verhelder en verlig om hulle ware kleure te wys voor die skaduwees dit weer wegsteek tot môre.

Die mooi van die laatmiddag in die Kaap, hier in Melkbos, is salig. Mens kyk en luister en vergeet van tyd. Die mooi word net mooier en die rustigheid oorweldigend. Sorge verdwyn en jou kop raak stil tot net die wind en die ritmiese golwe daarin oorbly.

'n Hartklop, 'n asemteug, gedagtes, wind en golwe. Dis wat jou lewe gee. Niks meer nie.

Asem

Bevoorreg, geseënd, bederf, uitgesonder, uitgesoek, verkore,... 'n paar woorde wat 'n lewe kan beskryf as mens leer, nee, onthou om net asem te haal. Dit word so maklik in gesprekke gesê, so maklik genoem, so maklik as lewensles oorgedra aan ander, maar besef ons regtig die belangrikheid daarvan.

Bevoorreg is ek om myself in woorde te kan uitdruk en dan, dalk, hierna met iemand daarbuite te kan deel wat dalk, net dalk, hierdie woorde ter harte kan neem en self bevoorreg en geseënd kan voel.

Asem en hartklop. Twee van die enigste outomatiese response in die menslike liggaam wat jou aan die lewe hou. Sonder die hart kan die bloed nie deur jou are vloei nie en sonder die longe en lug is die bloed wat deur gepomp word, nutteloos. Selfs met 'n breindood pasiënt, hou die longe en hart steeds só 'n mens aan die lewe. Lewe,...sjoe! Wat 'n swaar woord in 4 letters.

Die verskil tussen lewendig en lewe. Beter gestel in Engels as "Living and Existing." Dis groot! Baie van ons is lewendig. Lewendig a.g.v. die hart en asemhaling. Die res van die response in die lyf volg die daaglikse roetines wat ons vir onsself geskep het deur werk en familie verpligtinge en lewens paaie wat gekies is. Ons almal is lewendig. Soos vroeër genoem is selfs pasiënte sonder brein funksie lewendig en ek begin regtig wonder of baie van ons in ons lewens nie ook so is nie. Net lewendig. Vasgevang in die lewe soos ons elkeen dit ken. Sonder vooruitsig, sonder motivering en sonder God.

Maar om te lewe;... dis 'n ander saak. Dis die wegbreek van 'n roetine, dis die kies om vry te wees van die daaglikse "doen die, doen daai". En wanneer jy die geleentheid kry, nee, die geleentheid skep...en dié woorde word baie spesifiek so genoem, skep,...want dit gebeur nie vanself nie... wanneer jy die geleentheid skep om buite die normale dag se dinge te beweeg en keuses te maak, somtyds moeilik en met baie opoffering, en deur te druk om dit uit te leef, dan kom die gevoel van bevoorreg wees, geseëndheid, bederf, uitsondering, uitgesoek en uitverkorenheid. Die Here maak grotendeels hiervan uit.

Dis nou wat ek asemhaal met mening en die uitkomste hiervan is tasbaar en sigbaar. Dis klein goedjies maar dit maak so 'n verskil.

Ek dra weer al hoe minder grimering want my vel lyk en voel beter. Dit gloei weer en geen aanplak goeters is nodig om my mooi te wys nie. Ek haal letterlik makliker asem. Die lug is skoner hier in die Kaap en die hele lewens ritme en roetine is stadiger. Die verkeer loop stadiger, die mense praat stadiger en als maak Sondae toe na 11uur, soos in die ou dae, soos dit hoort, soos dit moet wees vir alles en almal om net ook weer in 'n besige lewe net asem te haal. En vir sommige mense is dit die enigste tyd wat hulle het om asem te haal, maar hier in die Kaap word daardie geleentheid geskep. Alles kom tot stilstand en jy lewe. Op jou manier tot jy ook geseënd en uitgerus voel.

Gedurende die week is daar ook geleentheid vir lewe. Na uurs is na uurs en die see en berge of klein interessante plekkies is binne bereik vir enigeen wat dit wil beleef. Meeste mense kan net by die voordeur uitstap en in 'n rigting loer om die mooi te sien. Dis orals. Reg rondom jou. God se skepping en asem en hartklop. Jou eie en ander s'n.

Ek is bevoorreg, geseënd, bederf, uitgesonder, uitgesoek en uitverkore om in die Kaap te kan asemhaal. Dis my nuwe hartklop.

Weskus se Nasionale Park

Stadig ry ons deur die Weskus se park,
'n Somersdag met ligte bries.
Kronkel-kronkel, so volg ons'ie pad,
Blou lug bo met kol-kol wolke vlies.

Wurmpies, slange, sprinkane en muis.
Meerkatte, bontebok, flaminke en vlas.
Skilpaaie, blomme en dan ook volstruis.
So staan die diere in die kort en lang gras.

Langebaan lagoon se bloue en strand;
so sag en koel onder die voet.
Hierdie wêreld is soos 'n ander land.
Mens wil langer bly maar weet ook jy moet groet.

So piekniek ons dan en kyk ver uit,
Oor die wit sand en stil meer en wind in die hare.
Om hierheen te ry is 'n wyse besluit.
Die Kaap groei in my en begin vloei deur my are.

Die stilte, die mooi, die kleure en geur.
Die klanke van voëls en vêrlangse golwe.
Jou hartklop mimiek hierdie Weskus keur.
Dis 'n ritmiese klop wat die gemoed, op 'n mooi manier, omdolwe.

Ouma se handsak

Toe ek nog kind was het my Ouma by Laerskool Krugersdorp-Oos gewerk. Sy was die kantoor tannie. Ek het haar die "tikketaresse" genoem en gebruik steeds daardie verwysing na mense wat in die kantoor werk.

Sy het vir jare 'n mooi, amper ronderige, bokserige, donkerbruin leer handsak gehad. Die onderste punte was rond en daar was die mooiste ronde, amper mandala-tipe, relief prentjie daarop gedruk gewees.

In dié handsak was daar altyd "chappies". Regte outydse Chappie kougom.

Daar was ook áltyd sneesdoekies. Gefrommel en óf pienk óf geel óf wit. Dit was altyd skoon, maar gefrommel.

Daar was 'n baie pienk lipstiffie wat Ouma altyd met presiesheid kon aansmeer sonder om in 'n spieëltjie te kyk. Eers die linker kant se ronding. Dan die regterkantste ronding. Mooi bymekaar ineengesmelt in die middel en dan word die onderste lip gespan om die onderste lyntjie te trek. Te mooi!!

In dié handsak was daar ook altyd parfuum. 90% van die tyd, Youth Dew van Esteé Lauder en dan die Chappies.

As Ouma vir jou 'n Chappie aangebied het, na skool, het jy met 'n gesukkel die papiertjie afgeskil. Partymaal was die kougom maar oud en taai of hard. Soms is die kougom met stukkies vasgeplakte papiertjie en al maar gekou en baie maal het dit geproe soos Youth Dew!!

Vannette Viljoen

Bra min

Netta se Ouma het nie veel inhibisies gehad nie. Sy het maklik gewys en gesê hoe sy voel, en as dit by haar kleinkinders gekom het was sy voor in die koor met haar "brâg" oor elke klein mylpaal of prestasie.

So kom die dag dat Netta in Standerd 5, vandag se graad 7, haar eerste buustelyfie moes kry. Die bytjies het gesteek en die kolle word donkerder en begin deur die klere wys. Dis hoogs onvanpas vir daardie jare se standaarde. Dis nou rondom die 80's.

Netta se ma is met haar Uniewinkels toe. Uniewinkels was die dames- en mansdrag, skoolklere en kombuisware winkel, voor die groot inkopie sentrums van vandag daar was. Dis die beste plek om die nuwe kledingstuk, wat die kind die res van haar lewe sou vastrek, te pas en aan te skaf. Die onderklere is op die heel boonste verdieping saam met die linne, onderrokke, sykouse en hoede, weg uit die oog van die publiek wat hierdie beskeie kledingstukke nie mag sien nie. Agter in die hoekie langs die hoede, is die paskamertjie met oranje-gelerige gordyntjies. 'n Bekwame, ouer dame met 'n grys bolla op haar kop en n "step-in" wat die gestoelde lyfie bymekaar hou, met 'n grys romp en bypassende bababblou-bloes en truitjie, gaan die paskamertjie binne waar Netta gevra is om haar bolyf te ontbloot. Die dame neem toe mates om die ribbes en oor die borste. Sy verdwyn uit die paskamertjie uit en kom terug met 3 tipe buustelyfies wat gepas moes word. Op die ou einde het 'n 28AAA die beste gepas. Tripel-A!! Dis letterlik 'n lappie gewees wat om die bors en arms vasgemaak het. Maar nou is Netta groot en word die nuwe kledingstuk met trots aangetrek.

Die volgende dag gaan groet Netta, oudergewoonte, haar Ouma, wat in die laerskool se kantoor, die "tikketaresse" was. Skaars het sy klaar gegroet toe Ouma vir Netta aan die arm gryp en na Tannie Alta toe sleep. Tannie Alta is deel van die kantoor personeel. "Kyk!" se Ouma aan Tannie Alta en lig arme Netta se geel en wit blokkies laerskool rok op sodat die nuwe buustelyfie gewys kan word.

Netta het nêrens gehad om haar kop in te druk nie. Die ougoud-geel-krimpelene-bloemer broekie en 28AAA buustelyfie was ontbloot vir almal om te sien, want Ouma wil brâg". Dit was gelukkig vroeg en die res van die personeel was in die personeelkamer.

Ek wonder hoeveel ander mense se Oumas ook so sterk voel om die kleinste mylpaal van hulle kleinkinders vir die wêreld te wys? Bygesê, daardie dag was daar maar bra min!

# Belinda se Bytjie kombers

Met my Ouma se afsterwe, het elkeen van ons 'n briefie aan of storie oor haar geskryf. My jongste suster is in Australië (Auz). Sy het toe oor die foon vir my details gegee oor hoe sy vir Ouma onthou en ek het die storie rondom die idees saamgestel. Onder andere was daar 'n herinnering aan 'n kombers wat ons almal by Oumas se huis op een of ander stadium geslaap het. Die kombers het 4cm breë strepe gehad wat ondermekaar gerangskik was in swart, bruin, geel en oranje. Dié het bekend gestaan as die "bytjie kombers". Vandaar dan die storie van *Belinda se Bytjie Kombers*.

Ek deel die storie want ek is seker ons almal het een of ander unieke item wat ons aan spesiale herinneringe met 'n spesiale persoon in ons lewens koppel. Miskien onthou jy iemand a.g.v. jou "bytjiekombers" waaraan jy nog vasklou.

....

Soos die kleure in die kombers wat verskillend van mekaar was; swart, bruin, geel en oranje, so het my lewe uitgespeel.

Bietjie van SA se kultuur, bietjie van Auz se kultuur, kinder herinneringe en nuwe Aus tradisies.

As kind onthou ek kleure! Alles in Ouma se huis was kleurvol!

Daar was 'n pienk fluweel "vanity"-stoel met wieletjies wat lekker in die rondte kon spin, veral op die blink gepolitoerde blokkiesvloer in die gang! Daar was altyd 'n potblou, plat Nivea blikkie wat ek nooit kon oopkry nie, maar as Ouma jou uit die bad getel het en in die wasbak maak staan het, het sy jou spierwit van bo tot onder gesmeer.

Ouma se swart japon, met die rooi Sjinese draak op die rug, het my altyd soos "karate kid" laat voel!

Ek onthou die bruin "fluffy" koala beer in Ouma se kamer. Ek was versot op die speelding en as ek reg kan onthou was hare van Oom Billy af! Oom Billy was haar broer wat in Sydney, Australië gewoon het. Ek wou eendag my eie hê. Wie sou kon voorspel dat ek self eendag in lewende lywe die koalas elke dag sou sien hier in Australië waar ek nou woon!

Ek en Michelle het gekleurde jellie poeier in die agterste kamer in die donker gaan eet waar niemand ons kon sien nie.

En wie kan die geel perskes, appelkoos bome, pruime, groen vye en die pers moerbeie vergeet? Hierdie bome het in rye in die agterplaas gestaan. Dit was van die lekkerste klim bome en ons lippe en voete was vir dae lank pers na ons in die moerbeiboom geklim het.

En toe bring Ouma kleur na Auz toe. Ek en Rodney was nog jonk en nog nie baie lank getroud nie. Ouma het kom kuier. Sy wou beskuit bak en ek het nie 'n groot genoeg mengbak gehad nie. Sy het by die "2AU$-store" 'n groot groen mengbak gekry. Dis steeds deel van die jaarlikse groot bakkery in my huis. 'n Liefde wat ek by haar geërf het. 'n Tradisie wat oorgedra is na my toe en verseker deur my kinders sal voortleef.

Die spierwit Kersfees koek met Kersvader op word jaarliks gebak. Die kinders help en hulle weet, dit was Oumie se resep!

Geel...Kaas is geel, Ouma het gehou van kaas. Ons het haar eendag Swan Valley toe geneem. Daar was 'n kaas proe stalletjie. Ouma het geproe en 'n paar ekstra stukkies in die handsak gepak. Ek weet nie of dit direk hiermee verband hou nie, maar lank nadat Ouma weg is, kon jy steeds gaan kaas proe by Swan Valley maar moes nou AU$5 daarvoor betaal!

Ek mis Ouma se briewe met haar unieke handskrif. Ek het nog so paar wat ek van tyd tot tyd deurlees.

Ouma was Uniek.

Ouma was kleurvol.

Ouma was, is en sal altyd deel vorm van my unieke, ver van SA familie, kleurvolle herinneringe.

Liefde

Belinda

Matjiesfontein

Daar is 'n liedjie, "Daar's net een garage, 'n bottelstoor, 'n sinkdakhuis en 'n poskantoor,..."

Matjiesfontein is kleiner as dit. Daar is nie 'n garage nie, die bottelstoor is daar ook nie. Sinkdakhuise; van die mooiste wat ek al gesien het. 'n Geskiedkundige era, vasgevang in tyd. Met "brookylace" en die mooiste houtafwerksels op die dakke. Geverf in wit en rooi en 'n bietjie grys hier en daar, en dan ook die poskantoor; nóú die tuisnywerhied en snuistery.

Vergane glorie wat behoue bly vir dié wat bereid is om in die Karoo te ry en te stop vir 'n koffie of om dalk 'n aand te vertoef voor daar verder deur die Kaapse Karoo vlaktes gereis word van een mooi pas na die volgende.

Vandag was nat en koud. Die museum met eras se klere, kombuisgoed, kameras, meubels, kapél bankies en oorlog se nalatenskappe is netjies uiteen gesit onder 'n huis se vloer. Was hierdie kelder en kamers eendag lank gelede vir diere of mense? Die ingang vra R10pp maar niemand is daar om die geld te ontvang nie. Ons stap deur en besigtig die historiese items. Op met trappe na die boonste vlak is 'n kombuis met koper en glas en ou wa-kiste wat verskillende epogge se kosmaak vasvang en uitstal. Deur nog 'n plankvloer, sement trap en hout kosyn is kameras in glaskaste en 'n hele apteek uitgestal met "apothecary"-kabinet wat van vloer tot dak en van muur tot muur staan in donker gekerfde hout. Laaie en laaie gemerk met al die kruie en poeiers wat jare terug enige kwaal kon genees.

Verder af in die straat was nog 'n museum. Een vir motors, dalk meer een van die bewoners se stokperdjies wat ten toon gestel word, heel toevallig ook vir R10pp. Iemand was daar om die fondse in te neem, maar waar sy vandaan gekom het en waarheen sy verdwyn het...

Buite die kar museum staan die trein. 'n Stoomlokomotief met haar slaap trokke en eetsaal op wiele. Die verlede se heen en weer skud terwyl stylvolle etes aan boord bedien was is vasgevang in die hout versierde eet-kompartement met blou oortreksel-houtstoele. Volledig met moderne lugwaaier en kapstokke vir jasse en hoede by elke tafel.

Die dorp se enkel straat eindig in 'n 1860's kerk wat pienk geverf is en 'n paar vakansie huisies teen die Matjies rivier.

Terug in die dorp is daar 'n Masonic Hotel, maar dit is toe. Seker in afwagting op oorblyfsels van 'n genootskap se mense wat dalk in daardie rigting mag reis of dalk een of ander tyd nog vergader.

Die bank is gesluit en die kluis staan op die stoep!

'n Koffie winkel was 'n welkome gesig om uit die nat koue te kom en die hitte wat uit 'n kole stofie gloei het die koue verjaag. Lekker koffie en lekker kos saam met goeie geselskap!

Vir die gene wat wil vertoef, is die Lord Milner Hotel die plek om by in te boek. Weereens 'n plek van "days gone by". 'n Hotel in sy volle glorie. Swaar hout afwerking, matte op die trappe en swaar gordyne wat pas by die dekor.

Die Hotel se eetsaal staan gevries in tyd vir dié wat die aand se spyskaart, wat op 'n esel uitgestal word, sal geniet.

Trappe lei na boonste vertrekke en gange verdwyn agter swaar gordyne in... net mooi!

Die laaste plekkie voor vertrek tyd was die kroeg. 'n Dubbeldeur ingang, eers hout en dan glas, is drie tree van 'n ou silwer kasregister af wat op 'n hout toonbank staan met oorlede koningin Victoria wat jou vanaf die muur groet. Menigte manne se woorde van geluk en ongeluk hang in die lug wat met 'n kaggel se vuur, links van jou, verwarm word. Hout trappe na regs in die hoek en skuins teen die muur op lei na 'n boonste vloer en "smoke room" of "drawing room" waar daar verseker besigheid gepraat was of drome gedroom was of plase tot stand gekom het.

Hierdie dorpie is vasgevang in tyd. Daar is nie sonsopkoms en ondergang nie. Ek weet beslis heeltemal te min van die vergane geskiedenis van Matjiesfontein en sal beslis navorsing moet doen.

Geëerd was ek om vandag 'n deel van die plekkie wat in die dag lewe kry se sprankel in die nat bewolkte dag te kon beleef.

Matjiesfontein is onvergeetlik.

Die Vuur

- Vir die manne

Dink jouself net in...gebruik jou rykste verbeelding. Hierdie vind plaas waar jou hart stil raak. Vir jou is dit dalk iewers in die bos, langs 'n dam, 'n piekniek plek of dalk selfs jou eie agterplaas.

Jy sit in die donker op 'n kampstoel. Dis 'n lekker warm, gemaklike, somers aand. Jy sit met plakkies, T-shirt en "shorts".

Dis stik nag donker en die wolklose aandlug is gestrooi met sterre en 'n flou halwe maan.

Die vuur knetter met vlamme wat die donker in strek en verdwyn en die sekelbos reuk hang dik in die lug. Die hout se kole gloei in die ligte windjie wat dit aanjaag.

Om jou is stilte met net die geknetter van die vuur, krieke wat mekaar roep en paddas in die verte.

Langs jou is 'n koeler boks met improviante, ys en vleis wat jy heelwat later dalk mag braai...

Die koue glas in jou hand klingel met elke sopie wat jy neem en die vloeistof daarin proe soos nog!

So aand is vir min beskore terwyl daar gewerk word...maar die verbeelding kan vlugtig, vir 'n sekonde of twee daarvoor opmaak.

Geseën na reën

Die Kaap het winter reën;
aaneen, aaneen het dit gereën.

Vandag het die reën bietjie opgehou,
en vir 'n oomblik was ek op die strand in die kou.

Die son het weer geskyn vandag.
Ek moes gaan kyk of die see nog op my wag.

Hy het. Hy's nog daar.
Die reën en die wind het vir vandag bedaar.

Ek kon die see sien en ruik en voel.
Die dag en sy mooi was vir my bedoel.

Na'rie vuur

Per geleentheid was ek in die geselskap van Bruinmense by 'n vakansie huis iewers in Bainskloof se berge.

So met die gesels saam met die familie om die etenstafel het die mooiste AfriKaaps op my ore geval. Ek is versot op die aksent en sê-goed. Onder andere was daar daardie aand verwys na almal wat so stil was om die tafel tydens ete en die oudste dame van die lot het toe net een ding te sê en daarna was dit verder weer stil. "Hie issit nou alwie soe stil want ons is almal nou in **kakebeen straat** in." Dit was vir my so mooi! Later, na ete, was daar so algemene gesprek oor mense en dieselfde dame maak toe die volgende opmerking, "Ek weet van gin hoene haar nie!"

Hulle het sulke raakvat sêgoed. Vandaar toe die inspirasie vir dié gedig.

Na'rie vuur

Insperasie: Hafsa

Hie innie bosse in,
in Bainskloef se paste.
Lê die bêge en wag.
Hille wag virrie niewe blommeprag.

Die vlamme het hittig aanie plante kô lek.
En nou lê die wêreld kaal en swart en gevrêk.

Maar moenie loep moed viloorie.
Dis als deel van God-in se gloerie.
Loep kyk met djou eige oge.
Die mooi is da...
Kan jy dit gloë.

Die saad-tjies is toegepak in die plant se handsak.
Hille maak dit dan nou ieste oep.
Die wind waai dit hientoe
en die water loep vat dit soetoe.
En môre se dag sal dit wier mooi wies.
Dis nie rêrag soe groet verlies in nie.

Die saad kórt die brand.
Die veld kórt die vuur se kos.
Miskien is dit vir ons oek soe .
Dis hoekom dit soms voel offie Jirre ons los.

Maar eintlik is Hy biesig met Sy grootste plan.
Eendag loep vat jy dan Sy se van.

Ouma se Vlerke

Vir ons was sy geleen.
Vir baie was sy 'n seën.

Sy moes eendag in 'n kamer gaan lê.
Die val en die stywe arm met die kop wat nie wou byhou nie het haar haar huis laat opsê.

Sy was hoopvol vir lank
en het elke kuier ter harte bedank!

En toe...
toe raak sy stiller, al verder, al meer ingetrek.
Sy't op stasies gewag en treine gemis tot háár een vertrek.

Die dag het gekom
Die stasiemeester blaas
Ouma staan stom
Sy moes na daardie treintrok haas!

Ons staan nou op die perron en wonder wanneer óns trein eendag sal kom.
Maar intussen weet ons verseker.
Ouma is veilig, sy het rus, geen pyn
en dit maak ons herinneringe aan haar sommer stukke beter!

Verlore

Ek moes wegkom, ek moes vlug. 'n Afgesonderde plaas en gastehuisie dien as toevlug vir my hart na die rowwe week.

Die vlakte strek voor my uit. Die gras golf in die laat middag wind. Die son se arms trek homself onder en iewers roep 'n tarentaal na sy maat.

Gister was 'n lang dag. Deurmekaar op 'n geordende wyse en vandag wou ook nie aan die gang kom nie. En nou staan ek hier op my eie. Die pienk en oranje kleure in die lug weerkaats teen die wolke wat al leeg gehuil is en die wind speel met my rok waar ek in die lang grasse van die vlakte staan.

Ek voel...neutraal...dink nie nou aan veel nie. Besig. Ek moet besig raak... ek mag nie ophou glimlag nie...mag nie mense ongelukkig agter laat nie. Maar wat van my?

Nee, ek mag nie daaraan dink nie; ek moet positief bly.

Skielik kry ek 'n vlaag van opgewondenheid wat oor my spoel. Ek hardloop deur die lang gras en spring soos 'n bok. Die grasse gryp aan my rok en klits teen my bene.

Die wind dra my op sy arms. My rok wapper agterna. Ek gaan staan... my asem jaag...my hart bons en 'n traan rol oor my wang.

Is ek verward? Hoe kan vreugde trane dra?

Ek draai om...die son nou agter my. Skemer val al agter die huisie. Die tarentaal slaap al en alles is stil.

Alles is rustig behalwe vir my hart wat rond spring. Hy weet seker nie waar om grond te vat nie.

Ek stap die voorhuis in...dis stil. Die plankvloer kla onder my voete.

Ek dwaal deur die skemer huis...nie seker wat ek wil doen nie en eindig in die kombuis.
Die ketel fluister terwyl ek die koffie-goed ingooi.
Ek is seker dat ek môre weer beter sal voel.

Getemde mens
<small>Vir DTB</small>

Die lewe loop draaie.
So baie kom op jou pad.
Hoofstukke vol, en blaaie,
Waar die lewe jou heen vat.

Maar nie als is jou beskore,
Soms moet jy briek aan draai.
Geleenthede, toeval en die verbode,
Dis wat jou lewe kan laat draai.

Keuses en denke en toeval,
Geloof en ingemurgde moeder stem.
So baie in die lewe sal jou meeval.
Maar deur als moet die mens hom tem.

Matjoks en die waarde van 'n lewe

Ek het by 'n ongelooflike kerk hier in die Kaap ingeskakel en so met die betrokke raak het 'n uitreik na Swellendam oor my pad gekom. Aan die anderkant van die hoofweg is die informele nedersetting waar meeste van ons diens plaasgevind het; Matjoks. Hierdie is geskryf met nabetragting van wat ek beleef het en wat ek op daardie stadium gevoel het ek met die wêreld sou wil deel. Met die aanmekaarsit van hierdie boek van my, Mombakkies, het ek gevoel dis dalk nodig om hierdie in te sluit as een van die "stories". Op die ou einde, dra ons almal maar op 'n manier mombakkies.

Die lewe. My lewe. Jou lewe en die van ander om ons. So dikwels vergelyk ons onsself met dié om ons. "Keeping up with the Jones' " as jy wil. Jou huis, jou klere, die kos wat jy tafel toe bring vir gaste, jou werk, die mense met wie jy kies om mee geassosieer te word. Die lys van vergelyking met ander is altyd na bo, om beter te wees, om meer te hê of ten minste die voorgee van meer hê te wys.

Matjoks. 'n Swellendam, informele nedersetting. Matjoks, 'n huisie met sink mure, geen vloer en geen fondasie. Is jy nie ook 'n Matjoks nie? Skyn-Christen wat omgee vir ander tensy hy of sy van ander ras, kleur of kaliber is. Skyn-Christen wat omgee maar nie hande wil vuil kry deur met ander te meng nie. "Ander"...watse prentjie kom in jou geestes oog voor wanneer daar gepraat word van "ander"? Dit is waar introspeksie gehou moet word. Dit is waar hierdie uitreik in Swellendam oë oopgemaak het vir almal wat direk en indirek hierby betrokke was. Vir die gewers én die ontvangers. Dít was die plan!

Die eerste opval van die bediening in Matjoks is die glimlag en groet op almal se gesigte en mond. Die mense, die kinders en almal wat betrokke was.

In 'n bestek van 4 dae is 'n leë wendy-huis in 'n bruikbare huis vir veilig speel, kos uitdeel, liefde uitdeel en ontvang, werkskamer vir vroue en kinderkerk tot stand gebring met die hande werk van die manne van die uitreikgeselskap. Hierdie wendy word deur twee ongelooflike siele behartig wat met 'n handjie vol idees, tonne liefde en persoonlike tyd bearbei word. Dis 'n veilige hawe en almal in die omgewing weet dit, ken hulle en is deel van mekaar se lewens. Die Here se goue drade werk hierdie mense se siele met mekaar aanmekaar. Hier het 'n mamma met 'n lewelose lyfie ook kom aanklop want sy het geweet daar sal hulp wees. Geen vrae, geen neerkyk, net hulp.

Die skool wat gedien het as bymekaarkom plek vir die week het verseker dat die kinders wat die hoof teikengroep was, die nodige veilige hawe en bediening van die Here kon ontvang in die vorm van "Jars of Hope" wat gepak was, dankie en liefde briefies asook aanwysings blaadjies vir die "Jars of Hope" wat deur die kinders ingekleur en versier is. Gesiggies is ingekleur en magies is vol huis toe die paar dae met warmbrakke, vetkoeke, kos pakkies en broodjies. Die "Jars of Hope" sou onder andere wanneer die uitreik verkas het steeds 5500 plus mense voer.

Die kerk van Pastor Joseph was 'n besondere bediening gewees met luide sang, dans en ongelooflike sterk boodskap van liefde vir die medemens. Daar is uit hulle pad gegaan om ons, die kuiergaste, te bedien met die woord deur 'n ongelooflike vaardige vertolker wat nie 'n woord gemis het nie. Die boodskap was duidelik. Die boodskap was vir almal in die huis van die Here.

Om die hoogste sport te bereik en om bo ander uit te staan is meeste van ons se uitkyk en strewe in die lewe en daar is niks daarmee fout nie. Tog moet mens soms stilstaan en in weke soos dié terugkyk en ook besef dat terugstaan en 'n sportjie af amper 'n groter verskil in die geestes wêreld kan meebring.

By die wendy is waterpype aangelê en 'n kraan vas gedraai. Die gesiggies se verwondering aan lopende water en die blote gerief daaraan was 'n onverstaanbare aangrypende oomblik gewees; vir die kinders maar ook vir ons wat dit as vanselfsprekend aanvaar. 'n Lopende kraan. Toilet geriewe is daar nog nie, maar die plan om 'n tipe chemiese kamp toilet te installeer is reeds van stapel gestuur.

'n Klein eenvoudige, twee-stomp, vuur-oondjie gaan aan ten minste 20 families die geleentheid gee om 'n warm maaltyd te kan voorberei. Iemand in die omgewing kan daarvan 'n besigheid maak om self die stofies te vervaardig en so leer ons mense om "vis te vang". 'n Kind het na die demonstrasie by die oondjie gaan sit en met dankie-waaihande en tande-glimlag sy uitgelate blydskap betuig. Dis oomblikke soos dié wat geen foto kan vasvang nie, maar verewig in my brein geëts sal wees.

"It's the small things." ; so se ek telke male. Na daardie sinnetjie kan jy bylas wat die vreugde verskaf het. Ons kyk te veel keer die klein dingetjies heeltemal mis. 'n Kraan. 'n Kraan in die huis. Krane in die huis. Lopende water en toilet geriewe. Kos, 'n dak, 'n vloer, 'n mat, 'n bed...vir jouself...die lys is legio. Ja ons werk daarvoor, ek maak nie die feit dat ons werk en dit kan bekostig af as verhewe nie. Ek maak net bewus dat ons dankbaar moet wees vir die klein dingetjies wat vir soveel ander 'n luuksheid sal wees. Waardeer wat jy het. Glimlag vir die persoon langs jou. Jou naaste...Dit kos niks en almal kan 'n glimlag bekostig.

Ons fondasie staan op God. So is jy verseker om nie 'n Matjoks te wees nie.

Vannette Viljoen

Vlugtig is ons tydjie op aarde

Vlugtig is ons tydjie op aarde.
Meer vlugtig as wat ons besef.

Baie van ons se lewens begin by die hospitaal. 'n Beplande of onbeplande bevallings datums maak plek vir 'n nuwe lyfie, 'n nuwe lewe, 'n nuwe lewenspad van watter tyd ook al daaraan toegeskryf word. Met meeste is dit 'n asem en lewe maar vir ander 'n langer tydjie en harder pad met meer bid as ander en meer hoop as ander om daardie lyfie by die huis te kry.

Daar is al by 'n paar geleenthede in my lewe gepraat van die geboorte datum en sterfte datum en die "dash" wat die twee datums onderskei; die koppelteken.

Vir menigte van ons is die "dash" sinoniem met ons bestaan. Dis vlugtig verby! Vir party in die dood van 'n baba en vir ander 'n lang lewe met soveel swaarkry dat die leef gedeelte nooit gebeur nie. Die Engelse bewoord dit so mooi. "There is a difference between living and existing." Leef en bestaan.

Vir party mense is die bestaan vinnig verby, en dan kry jy mense wie se oë oopgaan, en die besef daarvan, hulle dan tussen die oë slaan. Ons moet darem lewe ook. Tyd word afgeknyp vir 'n vinnige wegbreek iewers heen. 'n Mens kan met min sielerus vind.

Daar word baie maal beplan aan vakansies en kos en plekke om heen te gaan en die kostes daaraan verbonde is astronomies. Al jou harde werk vir bietjie wegbreek en dan is jy terug by die harde werk vir die bietjie geld. Hier verwys ek nou nie na die mense wat met hulle "gatte in die botter" geval het nie!

Hoe vind mens sielerus met min? Wel, begroot vir jou petrol koste, vat wat jy het van die huis af en kyk wat is reeds in die koskas.

Ek is bevoorreg om naby die see te bly. Hier in Kaapstad neem 20min tot 40min in welke rigting my tot by 'n veilige strand. 'n Stil plek.

'n Stoel of handdoek dien as sitplek as daar nie reeds bankies beskikbaar is nie. Ek is 'n koffiepot en dus gaan my fles saam. Die "wat ook al innie kas" word die peusel happie.

Bosveld. Daar was ek lanklaas, maar as Pretorianer was daar baie plekke om van te kies. Al verskil is die ekstra vir betaal vir ingang na 'n reservaat. Hier ry jy bietjie rond en soek 'n bok of drie, trek by 'n piekniek plek in en sit net daar met jou verkose drinkgoed en happies.

Asem. Dis wat jy nodig het om te lewe. Asem en stilte vir die siel. Ander kort dalk meer en sien die lewe dus anders, maar dié is ek en dis mý uitkyk op die lewe. Kalmte en stilte en tyd met my binneste en geselsies met God. Die natuur, in watter vorm ook al; see, blomme, berge, bome, voëls, bosveld, wild, wind of son sak, dis my rus. Dis my lewe. En as ek per ongeluk oppad by stalletjies en winkeltjies verbyry…wel, dis 'n bonus!

Terug by die gedagtes oor die hospitaal. By Tygerberg hospitaal het ek vir 'n kort rukkie as onderwyser afgelos. Dis 'n hele ander storie vir 'n ander dag! Met die inry, elke oggend, na die kinderafdeling se vleuels, ry jy by die lykshuis verby en die skoorstene het vroegoggend rook die lug in gestuur. Siele van die vorige dae…dis wat in my opgeduik het. Mense wat hulle stryd teen kanker en TB en siektes verloor het; verruil vir die dood.

Een oggend loop jy by die bed verby met jou diens rondte in die hospitaal se hange en neem register van 'n kind, seun of meisie, ouderdom tussen 6 en 13 jaar, Afrikaans, Engels, Xhosa, Sotho…en skryf dit neer om later terug te keer met toepaslike skoolwerk. (Die is deel van die baie lang storie vir later!)

Die volgende dag kom jy by dieselfde bed en die bed is leeg. Die kind is genadiglik ontslaan of die kind is oorlede.

Per geleentheid was die lyfie steeds daar met wit lakens oor die kop getrek en môre as jy die hospitaal se poorte inry dan sien jy weer die skoorstene en rook. Dit is so 'n harde realiteit dat niemand 'n idee het hoe lank jou "dash" is nie. Dat jy nie weet hoe vinnig jy moet "dash" om by jou eindbestemming te kom nie. Dis onbepaald. Die Skrywer is die enigste een wat besluit hoe lank die lyntjie getrek word en wanneer hy

Sy hand optel om die punt te druk.

Geseënd is jy wat hierdie lees en bewus is van jou koppelteken aan jou einddatum. Beplan vir lewe. Gaan sit in die tuin. Mens hoef nie ver te gaan om te lewe nie. Pasop vir net bestaan.

Mag die leser se lewens-koppelteken van waarde wees sodat wanneer ander daarna moet verwys op jou rusdag, daar darem meer as 'n minuut daaroor gepraat kan word.

Vlugtig is ons tydjie op aarde.
Meer vlugtig as wat ons besef.

Winter reën

Die Kaap het winter reën;
aaneen, aaneen het dit gereën.
Vandag het die reën bietjie opgehou,
en vir 'n oomblik was ek op die strand in die kou.

Die son het weer geskyn vandag.
Ek moes gaan kyk of die see nog op my wag.
Hy het. Hy's nog daar.
Die reën en die wind het vir vandag bedaar.

Ek kon die see sien en ruik en voel.
Die dag en sy mooi was vir my bedoel!

Vannette Viljoen

Tygerberg Hospitaal

So paar maande nadat ek in die Kaap aangekom het, het ek kerk begin soek. Ek is geleer dat 'n mens nie sommer net oor geld, politiek of kerk praat nie, so vir dié wat nie oor kerk wil praat of lees nie, "skip" dan na die 3de paragraaf toe.

As jy nog lees,...hier is die res van die kerk deel van die storie.

So, ek besluit toe, nadat ek 'n permanente plekkie in die Kaap gekry het om wortels neer te lê, om 'n kerk naby aan my te soek waar ek kan inskakel. Google Maps wys toe vir my dat daar 'n NG kerk net af met die bult is en met my mooi kleertjies aan is ek toe daarheen. Voor ek uitklim, sit ek eers in die parkeer area en bekyk die demografie en besef bitter vinnig dat ek nie hier gaan inpas nie. Wel,...miskien later van jare, maar nog nie! Al die mense het wit hare, daar is geen jonger mense nie en ook nie kinders nie. Ek besluit toe om iets minder ouderwets te gaan soek. Google Maps vat my toe al die pad van Welgemoed se kant af na Tygerberg se kant toe. Hier kom ek toe voor dooie mans deur. Die kerk het óf geskuif óf is permanent toe. Tyd raak nou min vir kerk bywoon en ek besluit Google self weet dalk beter. Vredelust Gemeente word toe aanbeveel en ek ry toe maar daarheen.

Hoe mooi en beskrywend is die naam nie? Vredelust. 'n Plek van vrede. Dis NG maar ook nie. Dis lofprysing sonder 'n orrel maar so saam met die dromme en kitare is die nodige respek en eerbied steeds heersend. Die ménse is die kerk, die kerk is nie die gebou nie. Ek pas in, ek is gemaklik en sluit toe vinnig aan en in.

'n Paar weke later met die nuwe-intrekker-tee by die kerk besluit ek dat ek kan uithelp. Op die lysie waar vanaf jy kan kies (en daar was baie opsies en ek kan met meeste help, maar het ook al so deur die jare geleer om net so bietjie terug te staan en dan so stukkie vir stukkie betrokke te raak. Wel dit was die plan...dis 'n ander storie!), kon ek toe onder andere kies om op Vrydae by die Tygerberg Hospitaal Skool se psigiatriese afdeling uit te help deur vir 'n uur vir die kinders te gaan lees.

So! Die eerste Vrydag vir lees breek toe aan. Ek parkeer in die hospitaal se parkeerarea en stap die 300m na die ingang van die hospitaal waar die skooltjie geleë is. Ek lui toe die klokkie by die veiligheids hek wat toegang na die skool toe gee. 'n Dierbare dame antwoord en gee my toegang. Die skool is in een van die vleuels van die hospitaal gebou maar so mooi versier dat dit glad nie soos hospitaal voel nie. Die klas waar die lees periode aangebied word is aan die eindpunt van die lang gang. Ons stap toe verby die klassie van die graad R'e, die hospitaal skool kinders se media klas, kantore en personeel kamer, biblioteek vol boeke, die klein psigiatriese kindertjies afdeling en toe heellaas by die hospitaal skool se klaskamer verby om by die klas waar die hoërkool kinders se psigiatriese afdeling se klas geleë was.

Hier word ek oorgegee aan die 8 leerders en die boek wat ek vir hulle daardie dag moes voorlees en hulle dan ook geleentheid moes gee om self te lees. Ek is baie lief om 'n storie te dramatiseer, die nodige stemme met oortuiging te vertolk en die nodige klanke by te sit. So met die lees staan die toesighoudende onderwyser op en verdwyn uit die klas uit. Dit pla my nie want ek en die "kids" lees en als en almal is onder beheer en gaan goed. Na 'n paar minute staan die onderwyser en nog 'n persoon in die deur en inluister. Ek lees toe maar aan en nadat die uur se voorlesing en saamlees om was, word ek toe gevra om die hoof te gaan spreek. Ai tog! Wat het ek nou verkeerd gedoen! Dis tog maar die normale respons in meeste gevalle as mens na die hoof se kantoor ontbied word.

In die hoof se kantoor word ek toe gevra of ek sou belangstel in 'n twee weke aflos pos. Nadat ek die onverwagse vraag uit die bloute vinnig verwerk het sê ek toe ja, op voorwaarde dat ek eers kom kyk hoe om in hierdie geval skool te hou siende dat ek nog nie in my onderwys loopbaan by 'n hospitaal skool of met psigiatriese kinders gewerk het nie, maar ek staan altyd reg vir 'n uitdaging! 'n Datum word toe vas gemaak met geen verdere verwys na die pos behalwe vir die aanvangs datum nie en ek is toe daar weg.

Die volgende week daag ek toe op vir my "trial run" en dit was presies dit! Ek was onder die indruk dat dit klas onderrig sou wees, in die hospitaal skool se klaskamer aan die 8 of wat leerlinge. Nee! Glad nie! Dis toe skool hou in die hospitaal en glad nie eens vir die psigiatriese leerders nie. Na die opleiding en saam hol, neem ek die tydelike posaanstelling aan en daag toe op vir my twee weke se instaan.

Die hospitaal skool se leerders kom en gaan weekliks in en uit die hospitaal soos wat prosedures bespreek en gedoen word of soos wat die siekte die kinders oorval en in die bed vas pen.

Ons drie onderwysers se doel was om vir daardie leerlinge in die gange, sale en beddens skoolwerk te neem en te sorg dat hulle op datum bly met die nodige werk sodat wanneer hulle die hospitaal verlaat hulle nie te ver agter raak met die skoolwerk van die kwartaal nie.

Die dag het dus só geloop. Normale skool tye is gevolg m.b.t. personeelvergaderings elke oggend en beplanning en merk werk in die middae. Teen 7:15 was ek op my pos. 8uur het die eerste rondte begin. Daar is 10 vloere in die hospitaal en op elkeen is daar 'n kinderafdeling of kinders in die sale saam met ander ouer pasiënte. Die hospitaal vloere is in twee onderverdeel sodat die twee onderwysers aan diens vir die dag al die sale, kamers en beddens kan diens. Die 5 heel boonste vloere was vir die een onderwyser om by te woon en die 5 onderste vloere vir die tweede onderwyser. Elke vloer is in die vorm van 'n "H" gebou. En op elke langbeen van die "H" is daar twee gange wat daarvan af uitloop. Dus is daar 4 gange minimum per vloer. Die kortbeentjie van die "H"-deel van die hospitaal is 'n lang gang van omtrent 600m wat die twee vleuels aanmekaar verbind. Dié deurgangs gang is slegs op die grondvloer, vyfde en negende verdiepings. Van die 4 hysers in elke vleuel het daar meeste van die tyd slegs twee gewerk. Dus het dit bitter lank geneem om 'n hysbak te kry om jou op te hys. Daar is wel trappe en dié het ek gebruik vir die af kom sessies. Ek kon met die trappe opgaan vir twee verdiepings, maar hier by stel drie raak die asem maar min. (Ja ek weet ek is bietjie onfiks, ek werk daaraan!)

Jou dag begin dus 8uur met register wat geneem word. Jy ry met die hyser op na die boonste vloer van jou afdeling vir die dag, dus die 10de of die 5de vloer. Dan loop jy na elkeen van die twee gange met omtrent 10 sale elk per gang en 6 beddens per saal op 'n vleuel en kyk na elke pasiënt se geboorte datums om te bepaal wie op die register geplaas moet word vir die dag of week. Alle kinders in die ouderdomme van 5 tot 18 se plakkers is op die registers geplak of neergeskryf. Dan loop jy aan na die volgende vloer, gange, sale, kamers en beddens. Daarna gaan jy weer terug op en oor na die ander kant van die hospitaal se vleuels om dieselfde aan daardie kant van die hospitaal te voltooi.

Nadat die register geneem is, is ons terug na die skool toe om te bepaal wie almal gesond genoeg is om fisies skool by te woon in die klaskamer vir die dag. Hulle is dan gaan haal en afgebring. Meeste van die leerders het uit die onkologie, diabetes en ortopediese afdelings gekom. Hulle het dan die skooldag in die klaskamer deurgebring met die nodige onderrig materiaal wat deur die derde onderwyser van die span voorberei is. Hierdie kinders is dan ook deurgaans gemonitor en teruggeneem saal toe sou die nood druk. Van hulle kon stap en ander het krukke gebruik of was in rolstoele na die klaskamer toe gebring.

Daarna is pakkies onderrig materiaal vir elke ander leerder in die hospitaal saamgestel. Die nodige vakke se DBE-boeke wat by die leerder se graad en taal pas, plus die nodige skryfbehoeftes is in sakkies verpak. 'n Papiertjie wat aandui wie die kind is, graad, vloer, saal en bed nommer is dan uitgeskryf en by die nodige pakkie ingegooi. Na 'n vinnige koffie is ons terug sale toe om die pakke te gaan aflewer. Dus is jy weer op na die vloere, deur al die gange en kamers en beddens en weer op met die hyser na die tweede vleuel tot almal hulle leerstof ontvang het. Daarna gaan jy vir die derde maal vir die dag terug na jou eerste aflewering van boeke se pasiënt om te hoor of daar enige van die werk is wat die leerder hulp mee verlang. Dan begin die onderrig sessies, vloer-vir-vloer en bed-vir-bed, as die leerder gesond genoeg voel, sonder pyn is, kan skryf sonder verbande of amputasies, nie slaap nie a.g.v. narkose of olik voel. Na die onderrig sessies is die dag om en môre word dieselfde protokol gevolg.

Met register neem is van die leerder pasiënte ontslaan en ander het bygekom deur die laatmiddag of aand. En soms is die bed leeg sonder ontslag...

Ek het deur die jare skool gehou en baie dae het hare op jou tande geverg maar hierdie was anders. Hierdie skool hou het anders met jou hart gewerk. Jy het vinnige bande met kinders gebind wat jy na een dag of op die meeste 5 nooit weer sou sien nie. Baie kinders het pyn verduur en met siektes en kanker en brandwonde geworstel wat selfs die sterkste man sou knak, maar as jy by die deur inloer, met of sonder masker, soos wat van party gange verwag was, dan was daar 'n verwelkoming in die oë wat mens nie altyd by ander skole se leerders gekry het nie. Van die kinders kon nie wag om jou te sien nie want jy was baie maal die enigste besoeker en geselskap vir die dag. Skoolwerk was lekker want dit het vir hulle iets gegee om te doen.

Ons het nooit die pasiënte se geskiedenis m.b.t. hulle rede vir hospitalisasie geweet nie. Dis nie deel van ons werk nie en tog het ek met min kommunikasie vinnig bande van vertroue en vriendskap met die kinders gebou.

Tygerberg Hospitaal Skool was 'n sielsvervullende ervaring. Dit het geverg om sterk te staan vir kinders wat die meeste hoop nodig gehad het. Die Engelse stel dit so mooi. "It was humbling."

'n Kis en finale Kus

Vandag het ek by Ma Mashaba gestaan,
met haar gebroke hart en op haar wang 'n traan.
Vandag het ek by Pa Shadrach gestaan,
sy verslae gesig en nie-verstaan.
Vandag het ek in Matjoks by 'n oop kis gestaan,
2 maande engelgesiggie; Tanyaradzwa, was haar naam.

In die huisie van min het 12 mense gestaan.
Ons het gebid en gesing oor haar kort lewens bestaan.
Soos dissipels van ouds is daar toe gesê,
dat Sy woord voort moet leef met haar wat daar lê.

By die oop graf van leem,
het Ma Mashaba die kis geneem...
vir Pa Shadrach aan gegee,
en hy het haar daar neergelê.

Met mooi woorde en seën.
Weet ons God het haar siel geneem.
Haar ewig aardse huis,
het die uitsig van 'n paleis.

Die Langeberg en sonsopkoms,
groet vir Tanya van nou af tot Sy wederkoms.
Sy Prinsessie rus nou sag,
terwyl die res van ons op Hom wag.

Geseënd is ons mense,
wat deur Tanyaradzwa, oor grense,
hande laat vat het,
om ons te herinner aan al God se wense.

Gesond en Geseënd

Gesond en geseënd
Is die nuwe sê ding.
My hart sing daagliks 'n lied.

Gesond en geseënd
Stroom uit my lewe
Van alles wat God vir my bied.

Die daaglikse mooi
In mense en berge
En oral om kry jy verniet...

die mooi van die lewe
Die asem wat kort
Om die lewens seënings te hiet.

www.ingramcontent.com/pod-product-compliance
Lightning Source LLC
LaVergne TN
LVHW041536060526
838200LV00037B/1010